D1671256

KJB

Foto: Malin Frey

Jana Frey wurde 1969 in Düsseldorf geboren, studierte Literatur, Geschichte und Kunst in Frankfurt, den USA und in Neuseeland. Sie hat bereits zahlreiche Kinder- und Jugendbücher veröffentlicht und arbeitet auch fürs Fernsehen. Ihre Bücher wurden in zwanzig Sprachen übersetzt. Jana Frey lebt mit ihrer Familie in Süddeutschland.

Im Fischer Verlag sind von ihr bereits folgende Jugendbücher lieferbar: ›Rückwärts ist kein Weg‹, ›Verrückt vor Angst‹, ›Der verlorene Blick‹, ›Schön‹ und ›Schwarze Zeit‹.

Weitere Informationen zum Kinder- und Jugendbuchprogramm der S. Fischer Verlage, auch zu E-Book-Ausgaben, gibt es bei *www.fischerverlage.de*

Jana Frey

WEIL DU FEHLST

 KJB

Erschienen bei FISCHER KJB

© S. Fischer Verlag GmbH, Frankfurt am Main 2013
Umschlaggestaltung: bilekjaeger unter Verwendung
einer Abbildung von Getty Images / Flickr / Rekha Garton
Satz: Fotosatz Amann, Aichstetten
Druck und Bindung: CPI – Clausen & Bosse, Leck
Printed in Germany
ISBN 978-3-596-85446-2

Nach den Regeln der neuen Rechtschreibung

*Es hilft nichts, sich die Vergangenheit zurückzurufen, wenn
sie nicht einigen Einfluss auf die Gegenwart ausübt.*
Charles Dickens

*Für Elena Gastring. Und Julia Ruttke. Und Fynn Saddei.
Danke!*

Was machst du? Ich lasse das Leben auf mich regnen.

Meine Mutter gibt sich Mühe, immer wieder alle Brücken hinter uns abzubrechen, alle Spuren zu verwischen. Wir haben schon fast überall gewohnt, was natürlich übertrieben ist, denn kein Mensch kann fast überall gewohnt haben. Aber ich kann Paris aufweisen und Prag und ein Kaff namens Afumati – das liegt in Rumänien in der Region Walachei und das ist kein Witz. Außerdem waren da natürlich einige amerikanische Städte, Philadelphia und Milwaukee und so weiter, aber am schönsten und verrücktesten war es auf Stromboli. Die Insel liegt im Mittelmeer nördlich von Sizilien und es ist eine sehr hohe, aber sehr kleine Insel. Nicht mal sechshundert Menschen wohnen auf Stromboli, und eine Weile waren meine Mutter, meine Schwester Oya und ich drei von ihnen. Von Stromboli stammt auch Billyboy, unsere Katze.

Eine kurze Frage und eine kurze Antwort:

Wer bin ich?

Ich bin Kassandra.

Geboren wurde ich ganz unspektakulär in Springfield, Connecticut, einer eher unspannenden Kleinstadt mit vielen Highways rundherum und einer hübschen Altstadt, die aber so klein ist, dass man wahnsinnig oft hindurchlatschen kann in einer einzigen popeligen Stunde, ohne allzu viel zu sehen. Auch Oya ist in Springfield geboren. Das war noch vor der Zeit, in der unsere Mutter Mrs Ruhelos wurde und anfing, durch die Welt zu jagen auf der Suche nach Keineahnungwas. Sie legt sich – und damit auch uns – neue Wohnorte zu, wie sich andere Frauen Schuhe zulegen. Aber in diesem Fall nicht mal normale Schuhe wie Riemchensandalen, Pumps und so was, sondern eher, als kaufe sie besessen schräge Mokassins, schillernde, orientalische Opanken und solche Sachen. Prag, Stromboli, Paris eben.

Ich kann eine Menge Klassenlehrerinnen aufweisen durch unsere vielen Umzüge. Meine Mutter, die mal, vor langer Zeit, Kunst studiert hat, verdient ihr und damit unser Geld mit Malerei. Was sie malt? Alles. Wirklich alles. Auftragsarbeiten, manchmal der übelsten Art. Haustiere in Acryl zum Beispiel. Pudel von alten, senilen Damen und so weiter. Einmal hat sie auch das schwermütige, knotige, äußerst hässliche Krokodil eines Mannes Namens Edgar Nash gemalt, der dann ein paar Monate ihr Lover wurde. Durch ihn kamen wir nach Milwaukee. Es war unglaublich. Edgar und meine Mutter und immer dieser Reptiliengeruch in Edgars Haus. Er hatte auch Leguane und andere Gruselviecher. Aber er war Collegeprofessor für diese Art von Tieren, und manchmal konnte er ganz nett sein. Er tanzte mit meiner Mutter zu imaginärer Musik Polka durch sein unordentliches Reptilienhaus und weinte, als seine Gelbwangenschildkröten an einer Seuche eingingen.

Aber zurück zu meinen Klassenlehrerinnen. Es gab eine Mrs Cardasis, zwei Mrs Thomas, nur verschieden geschrieben, eine Miss Aronsson, eine Mrs Olariu, besser gesagt *Doamna* Olariu in Afumati, eine Pani Sládekova in Prag, eine Madame Baffour und eine Madame Runné in Paris und vorher die lieben, verrückten Signora Tozzi und Signora Graziano auf Stromboli. Signora Graziano verdanke ich die beinahe einzig stabile Komponente in meinem Leben. Ich meine außer dem ewigen Zusammenglucken mit meiner Mutter und mit Oya und Billyboy. Aber das nenne ich keine stabile Komponente. Das ist eher eine Zwangsverbindung. Darum zurück zu Achmed. Denn Signora Graziano *schenkte* oder vielmehr verpasste ihn mir: Achmed, der kein Terrorist ist, weder ein toter noch ein lebender, sondern ein netter türkischer Achtzehnjähriger aus Ankara, der mein Brief – Quatsch – E-Mail-Freund ist. Signora Graziano verpasste allen in der kleinen Schule, die es auf Stromboli gibt, einen E-Mail-Freund, um uns multikultureller zu gestalten, wie sie erklärte. Oya hat damals eine schwedische E-Mail-Freundin verpasst bekommen, der Kontakt ist inzwischen eingeschlafen. Aber Achmed ist mir geblieben. Damals, als ich ihn bekam, war er dreizehn und ich zwölf, und er verehrte Madonna, Atatürk, den Staatsgründer der Türkei, und außerdem die originalen, britischen Matchboxautos von Lesney Products & Co. Die vor allem. Heute verehrt er Cher, Mahatma Gandhi und amerikanische Actionfilme. Die vor allem.

Hier ein Auszug aus einer Mail an Achmed:.

… wir ziehen zurück in die USA. Ist das zu fassen? Gerade hatte ich mich an Paris gewöhnt. All die irren Franzosen und der Café au lait und die Schule und Madame Runné und unsere kleine, miefige Wohnung im Vorort Porte de la Chapelle (bekannt aus den Nachrichten, weil sie sich dort dauernd die Köpfe einschlagen in den Nächten.) Oya hat rasend schnell französisch gelernt. Ich finde, R. mutet uns zu viel zu.

(Anmerkung: mit R. ist meine Mutter gemeint, sie heißt Rabea, und so nenne ich sie auch. Sie ist nicht so der Mommy-Mutter-Typ, Rabea ist schon okay, aber in meinen E-Mails an Achmed, der kein Terrorist ist und sich vehement gegen Frauenunterdrückung à la Kopftuch, Scharia und Zwangsverheiratungen ausspricht, nenne ich meine Mutter kurz R.).

Wie geht's dir, Achmed? …

Achmed geht es eigentlich irgendwie immer gut, darum ist meine Wie-geht's-dir-Frage mehr eine Floskel als eine ernstzunehmende Frage. Manchmal wünschte ich, ich könnte Er werden und in sein Leben schlüpfen. Er hat Mutter, Vater, zwei Grandmas, einen Grandpa, einen Urgroßvater, dazu drei Brüder und massenweise Tanten und Onkel, die alle auch nett zu sein scheinen. Nett und normal. Seine Mutter malt keine schranzigen Krokodile oder zieht zu Edgar Nash, dem Reptilienmann, um mit ihm Polka zu tanzen und ihn dann eines Tages sang- und klanglos wieder zu verlassen, sein Vater ist anwesend und liberal und ebenfalls ein Kopftuchablehner. Seine Großeltern scheinen friedliche Rentner zu sein, die ihre Enkel lieben und verwöhnen. Seine Brüder? Keine Ahnung, über die schreibt er eher wenig bis nichts.

Ich habe gar keinen Vater.

Nein, das stimmt nicht. Oyas und mein Vater ist tot. Er starb, als ich vier war und Oya zwei. An Krebs.

Nach seinem Tod wurde meine Mutter von dieser inneren Unruhe gepackt, die dazu führte, dass ich diese Massen von Exlehrerinnen habe.

Eine Statistik:

1995 wurde ich geboren.

1999 starb Raymond, mein Vater.

Seit 2000 ziehen wir um.

Die Wolke begleitet mich.

Frage:

Wer oder was ist *die Wolke*?

Antwort:

Ich weiß es nicht.

Ich habe keine Ahnung.

Die Wolke ist schwarz und stürzt aus dem Himmel auf mich drauf und hüllt mich ein. Ich fühle mich, als erstickte ich. Die Wolke ist mein Albtraum. Ich träume den Schwarzewolkentraum in unregelmäßigen Abständen. Und nach einem Wolkentraum muss ich mich umziehen, weil ich widerlich schweißdurchtränkt bin. Angstschweiß ist eklig. Nach dem Umziehen liege ich manchmal wach, bis es hell wird. Jeder wird vermutlich verstehen, dass ich den Wolkentraum fürchte wie die Leute im Mittelalter die Pest.

Wir kamen also zurück nach Amerika, gerade als Oya so perfekt Französisch gelernt hatte, und ich mittelmäßig. Anderthalb Jahre Paris waren von einem Tag auf den anderen schnöde Vergangenheit. Ich siebzehn, Oya fünfzehn.

»Manchmal hasse ich sie regelrecht«, sagte Oya düster und besprühte Billyboy mit Antiflohspray. *Sie* ist Rabea. Vor Paris war Stromboli gewesen, Billyboys Heimat. Auch aus Stromboli hatte Oya nicht mehr fortgewollt. Sie verhaftet sehr schnell. Dieser Satz stammt nicht von mir, natürlich nicht, so geschwollen rede ich nicht. Dieser Satz stammt von Rabea, der Umzugsfetischistin. Sie sagte ihn am Telefon zu irgendjemandem, ich bekam es mit einem Ohr mit. Jedenfalls, als wir auf Stromboli wieder die Zelte abbrachen, sozusagen (in Wahrheit hatten wir in einem kleinen, schönen, lichten, etwas meerwasserfeuchten Haus gewohnt, dessen Besitzer Sergio Milazzo gewesen war, dem Wir-leben-auf-Stromboli-Grund unserer Mutter: ihr Lover, ein Touristenherumführer mit tiefen, schwarzen Augen), tobte Oya und spuckte Flüche gegen Rabea aus und drohte damit, sich auf der Stelle im Meer zu ersäufen. Es nützte ihr aber alles nicht. Rabea wollte nach Paris.

»Welcher Scheißtyp wartet da auf dich?«, brüllte

Oya so aufgebracht, dass ihr die Spucke nur so aus dem Mund sprühte. Wäre Oya bei Besinnung gewesen, hätte sie sich dafür geschämt, sie ist ein sehr feiner, aufgeräumter Typ und Spucke-aus-dem-Mund ist absolut unoyahaft. Aber so bekam sie es gar nicht mit.

»Niemand wartet auf mich in Paris. Aber ich habe genug von dieser schmuddeligen, kleinen öden Insel. Ich brauche Luftveränderung.«

Wir wollten keine Luftveränderung. Wir liebten die Insel und die Luft dort und den Vulkan und Sergios Mutter, die wir Nonna nannten, und Billyboys dicke, behäbige Katzenmutter, und Signora Graziano, die uns Achmed und die schwedische Jonna verpasst hatte.

Aber, wie gesagt, es nützte uns alles nichts, denn Rabea und Sergio hatten sich auseinandergelebt, und wir zogen um nach Porte de la Chapelle, wo sich weiße und schwarze Franzosen nachts gerne killen und dabei einen Riesenkrach machen. Und oft auch Feuer, wenn sie Autos anzünden, die das Pech haben, zwischen die nächtlichen Fronten zu geraten.

Und nach Paris jetzt wieder die USA. Good-old-New-England.

»Ich drehe durch«, sagte Oya und hielt Billyboy gnadenlos zwischen ihren Knien eingeklemmt fest. Dabei war sie mit dem Gegen-Flöhe-Einsprühen inzwischen fertig. Aber sie hat den Kater gerne auf dem Schoß, er ist ihre Stromboli-Erinnerung, während

Billyboy kein unbedingter Auf-dem-Schoß-Sitzer ist, sondern lieber für sich alleine liegt.

»Und nächste Woche Schule«, seufzte ich und beendete eine E-Mail an Achmed.

Auszug aus der E-Mail an Achmed:

… Elfte Klasse. Und wieder mal ein Schulwechsel, obwohl das Schuljahr hier schon angefangen hat und alle ihre Kurse gewählt haben. R. tut das natürlich mit einem Schulterzucken ab. Ach ja, du hast nach meinen Großeltern gefragt. Ein paarmal schon. Ich weiß, du hältst viel von Großeltern, weil deine prima sind. Aber hier bei uns gibt es niemanden. R.'s Eltern sind mit R. (und dadurch auch mit Oya und mir, wie es aussieht) seit Jahren zerstritten. Und die Eltern meines Vaters? Keine Ahnung. Ich glaube, mein Vaterseitengrandpa ist schon seit einer Ewigkeit tot, und meine Vaterseitengrandma? Großes Fragezeichen …

»Schreibst du an Achmed? Gute, alte Signora Graziano! Ich wünschte, ich hätte Jonna Sjöborg noch. Sie hatte so was Beruhigendes. Schweden sind durch Astrid Lindgren zum Beruhigendsein verdonnert, findest du nicht auch?«

Ich nickte zweimal. Einmal, weil ich ja tatsächlich an Achmed geschrieben hatte, und einmal wegen Oyas Schwedentheorie.

»Oya, was wissen wir eigentlich über Raymonds Mom? Und, wegen Jonna: Schreib ihr doch einfach mal wieder. Oder hast du ihre E-Mail-Adresse nicht mehr?«

Oya zuckte mit den Achseln. Sie kann manchmal enervierend wortkarg sein. Vielleicht liegt es an dem

Sprachenwirrwarr in ihrem sprachbegabten Kopf. Amerikanisch, erzwungenes Schulspanisch, Tschechisch, Rumänisch, Italienisch, Französisch. Ich habe mal einen Artikel über das gehirntechnische Verarbeiten von Mehrsprachigkeit gelesen und da stand, dass gerade Sprachgenies mitunter Wortfindungsprobleme bekommen können, wenn zu viele Sprachen im Muttersprachensektor landen.

»Was meinst du damit?« (Ich meinte ihr knappes Achselzucken). »Du weißt nichts über Raymonds Mutter – oder du weißt nichts über die E-Mail-Adresse deiner Schwedin?«

»Weder noch«, antwortete meine kleine Schwester, die körperlängentechnisch strenggenommen meine *große* Schwester genannt werden müsste.

Zwei äußerliche Beschreibungen:

1. Mittelgroß, mittelblond, ziemlich dünn, einige unordentlich verteilte Sommersprossen, unspektakuläre graue Augen, sehr dünne Finger (»Spinnenfinger« nannte sie Pani Sládekova in Prag einmal in einem Tonfall, den ich nur abfällig nennen kann. – Wen verwundert es, dass Pani Sládekova nicht unbedingt meine Lieblingslehrerin war?), gelockte Haarspitzen (»wie ein Engelchen«, sagte Signora Graziano manchmal entzückt. Sie war dann auch meine Lieblingslehrerin. Verdanke ich ihr doch zudem noch Achmed, den Guten.)

2. Sehr groß! Dunkle Haare. Grüne Augen. Schön. Viel schöner als ich. Die Welt ist ungerecht. Und Gene auch.

Eine Woche später, an einem sehr verregneten, sehr trüben, grauen, nordamerikanischen Tag, begann für uns die Schule. Jahrgang Elf für Kassandra Armadillo. Jahrgang Neun für Oya Armadillo.

Vornamen werden einem geschenkt. Nachnamen muss man ertragen. Jedem, der es nicht weiß, aber wissen will, was ein Armadillo ist, sei es ans Herz gelegt, es selbst nachzuschlagen. Oder zu googeln. Oder was auch immer.

»Tatsächlich Kassandra, wie diese Seherin aus Troja, der niemand glaubte?«, fragte ein Mädchen zwei Plätze weiter.

Ich nickte.

»Aber dir glaubt man?«

»Ich hoffe es jedenfalls«, antwortete ich.

Wir lächelten uns etwas zu. Das war nach der ersten durchstandenen Stunde, Mathe. Die nächste Stunde würden wir gemeinsam Englische Literatur haben bei einer Mrs O'Bannion. Sie war in diesem Schuljahr meine Ansprechlehrerin, was in etwa dem Status einer Klassenlehrerin entsprach. Der Tag zog sich hin. Mrs Cardasis – Mrs Thomas – Mrs Tomas – Miss Aronsson – Doamna Olariu – Pani Sládekova – Signora Tozzi – Signora Graziano – Mme Baffour – Mme Runné – Mrs O'Bannion.

Ich seufzte mich durch den Vormittag. Die Stadt war voller beiger Menschen. Die Welt auch.

»Und, wie war's bei dir?«, fragte mich Oya hinterher. Wir waren wieder zu Hause. Haha, zu Hause! Man kann ein kleines, schäbiges, gemietetes Haus, in dem man gerade einmal drei Wochen wohnt, schwer ein Zuhause nennen.

Ein paar Gedanken über Besitztümer:

Achmeds Familie besitzt eine Eigentumswohnung in Ankara. Mutter, Vater, er und seine Brüder wohnen darin. Und dann haben sie noch ein Haus am Marmarameer für alle: Omas, Opa, Onkel und so weiter. Ich stelle mir das Haus vollgestopft bis unters Dach vor. Vollgestopft mit Anverwandten und Möbeln, Fotos, Erinnerungen. Schön.

Selma, die in meiner neuen Schule eine Menge Kurse zusammen mit mir hat, sieht aus, als habe sie ebenfalls eine Menge Besitztümer. Bestimmt Sachen wie einen eigenen Fernseher, viele CDs und DVDs, vielleicht sogar Bücher, aber auf jeden Fall Schränke voll Klamotten und Schminksachen und Schmuck. Beneidenswert.

Oya und ich haben jede zwei Reisetaschen voll, was bedeutet: ein paar Anziehsachen, je ein eher schon antiker Laptop, ein paar Fotos, einige Bücher in verschiedenen Sprachen, ein bisschen staubigen Diesunddaskleinkram. Und dann natürlich Billyboy. That's it. Wer so viel umzieht wie wir, kommt nicht dazu, erwähnenswerte Besitztümer anzusammeln …

»Es war auszuhalten«, beantwortete ich Oyas Frage nach meinem Schultag. »Und bei dir?«

Oya zuckte mit den Schultern. »Öde«, sagte sie und durchsuchte ihren Laptop schon wieder nach der verloren gegangenen E-Mail-Adresse ihrer schwedischen Brieffreundin. »Allerdings haben wir einen Lehrer in Bildhauen, der angeblich aussieht wie Brad Pitt. Ich finde das ja etwas übertrieben, aber er sieht schon nicht schlecht aus. Mr Walenta. Weil er so hot ist, wollten ihn bei der Wahl viele als Vertrauenslehrer, wurde mir berichtet. Aber es hat nicht geklappt. Stattdessen hat mein neuer Geschichtslehrer, der angeblich die totale Schnarchnase ist, den Posten bekommen. Ein Mr Rosen. Er ist dieses Jahr mein Ansprechlehrer. Tja, Pech gehabt.«

Oya vertiefte sich wieder in ihren Laptop.

Kurz darauf kam unsere Mutter nach Hause, also: in das neu gemietete, lichtarme Dreizimmerhaus am Ende der Sunland Road.

»Was hast du?«, fragte ich, als ich ihre Miene sah.

»Nichts. Nur Jobprobleme«, antwortete Rabea und warf einen Blick in unseren, wie immer, recht karg gefüllten Kühlschrank. »Es läuft nicht so gut, wie ich gehofft hatte«, fügte sie erklärend hinzu, während sie Makkaroni mit Käse für uns machte.

Um es kurz zu erklären: Vereinbart war gewesen, dass Rabea die Kinderstation des städtischen Krankenhauses dieser Stadt anmalen sollte, Wand für Wand, ein netter Auftrag, der ein halbes Jahr regelmäßiges Einkommen bedeutet hätte. Aber im letzten Moment war der Job für sie geplatzt, die Klinik hatte sich umentschieden und setzte jetzt auf schlichte, aprikosenfarbene Wandbemalung, und die konnte natürlich ein ebenso schlichtes, gewöhnliches Malerunternehmen übernehmen. Dafür brauchten sie meine Mutter nicht.

»Idioten. Alles Idioten«, seufzte Rabea und strich sich die Haare aus der Stirn. Sie und ich sehen uns ähnlich. Oya, die Schönere, kommt angeblich nach Raymond, unserem verstorbenen Vater. Wir haben allerdings nur ein Bild von ihm in unserem Gepäck, um das zu beweisen, die meisten alten Sachen sind irgendwo im Nirvana verschwunden, als meine Mutter vom Dauerumzugsfieber gepackt wurde. Sie hat vieles weggeschmissen oder hier und da untergestellt und mit den Jahren vergessen, wo was.

»Jetzt habe ich finanziellen Leerlauf. Im Winter gehe ich dann, wie besprochen, in den Knast. Aber davor?«

Im Knast würde man sie nicht einsperren, sie sollte nur mit den Gefangenen dort malen. Einen Malkurs für Strafgefangene geben. Als Projekt. Die anglikanische Kirche dieser Stadt organisierte und finanzierte das.

»Mist. Mist. Mist«, murmelte Rabea sorgenvoll.

Der nächste Tag begann damit, dass ich eine Fliege einatmete, während ich eine Morgenmail von Achmed las. Angeekelt begann ich zu husten und mich zu räuspern und was man eben noch alles so macht, wenn man eine gewöhnliche Stubenfliege irgendwo in der Luftröhre stecken hat.

Aus der Küche drangen Kaffeemaschinengeräusche,

aus dem engen, fensterlosen Badezimmer Oyadusch-geräusche. In der Diele klingelte das Telefon, und gleich darauf sprang unser Anrufbeantworter an. Wortfetzen drangen an meine Ohren, während ich immer noch hustete und würgte. Job-für-Rabea-Wortfetzen, so klang es.

»Und?«, fragte ich hoffnungsvoll, als ich in die Küche kam. Meine Stimme klang immer noch etwas belegt. »Wer war das? Worum ging es? Doch ein Job in Sicht?«

Ein paar erklärende Worte über die Mimik meiner Mutter:

Sie sieht annehmbar aus, wenn sie vergnügt ist. Wenn sie aufgedreht ist, Polka tanzt oder etwas Ähnliches tut. Wenn sie Ärger oder Sorgen hat, wird sie blass und ihr Gesicht unbewegt, ihr Mund ein Strich. Ein Maskengesicht. Sie hat öfter Sorgen und Ärger, als dass sie vergnügt und aufgedreht ist. Diese starre Miene an ihr ist ein sehr vertrauter Anblick. (Als kleines Kind habe ich mir oft vorgestellt, ihren Strichmund auszu-radieren und ihr mit rotem Crayola-Wachsstift einen lachenden, frohen Mund zu malen.)

»Jemand vom City Council«, sagte Rabea mit an-gespannter, oben beschriebener Miene. Maskengesicht. »Sie wollen, dass ich statt der Kinderstation jetzt die Psychiatrische Abteilung anmale. Verdammter Mist, wenn du mich fragst.«

»Wieso? Ist doch egal, welche Station du anmalst, oder?«, fragte ich irritiert, während ich mir einen Tee machte und einen Sesambagel aufschnitt. Oya kam dazu, und wir setzten uns zu dritt an den Tisch. Wir redeten eine kurze Weile hin und her, weil wir nicht verstanden, warum Rabea so niedergeschlagen war und dem angebotenen Job so ablehnend gegenüberstand. Schließlich gab sie nach und versprach, die Sache zuzusagen.

»Obwohl ich nicht weiß, was ich da malen soll«, murmelte sie gereizt und verscheuchte Billyboy mit einem Klaps vom Tisch.

Oya warf mir einen vielsagenden Blick zu. Auf dem Weg zur Schule nahm sie den Faden, dessen Anfang dieser vielsagende Blick gewesen war, wieder auf.

»Wer weiß, wie lange wir diesmal bleiben«, murmelte sie düster. »Wie soll man sich einleben, wenn man doch immer nur auf der Durchreise ist?«

Ich gab keine Antwort, und darum redete Oya weiter. »Normalerweise war doch nach einem Umzug immer erst mal alles okay, wenigstens eine Weile, aber diesmal hat sie jetzt schon wieder diesen gehetzten Ich-will-weg-Blick drauf. Du hast es doch auch gesehen, oder?«

Es regnete, der Himmel war dunkelgrau, es war die passende Morgenfortsetzung zu einem Tag, der mit einer Fliege in der Luftröhre begonnen hatte. Wir erreichten den weitläufigen Schulhof unserer neuen Highschool, der Regen wurde stärker, und mich lächelte ein Junge an, der mit mir in Mathe, Literatur und Spanisch ging. Dean, wenn ich mich nicht irrte. Er saß in Englischer Literatur einen Tisch hinter dieser Selma und mir.

»Was machst du für ein betrübtes Gesicht?«, erkundigte er sich. »Magst du keinen wilden Regen? – Wild rain, sozusagen. Mann, ich stehe voll auf so ein Wetter.«

Er deutete eine Spur verächtlich auf ein paar andere Seniors, die sich unter dem Vordach unseres Juniorspavillons drängten, um nicht nass zu werden.

»Deppen«, murmelte er. »Den Himmel gibt's zum Unterstellen! Nicht das idiotische Vordach.«

Dann reichte er mir eine nasse Regenhand. »Darius Seaborn«, stellte er sich vor. »Falls du's noch nicht weißt.«

Ach ja. Darius, nicht Dean. Und dazu ein beeindruckender Nachname. Wie Aphrodite, die Schaumgeborene. Besser als Armadillo, das … Egal.

»Kassandra«, sagte ich und fühlte mich auf einmal ganz eigenartig mit meiner Hand in seiner. Ich starrte diesen Darius an, er hatte blumenblaue Augen, die machten, dass mir kalt im ganzen Körper wurde, warum auch immer. Es war, als habe jemand oder etwas jeden Fizzel Wärme aus meinem Inneren gezogen. Von einer Sekunde zur nächsten. Ich spürte, dass ich auf einmal zitterte.

»He, was hast du?«, hörte ich ihn fragen, und in seinem Gesicht war ein merkwürdiger, erschrockener Ausdruck.

Anmerkung über das erste Mal:

Die ersten Schritte, Worte. Das erste allein gegessene Truthahnsandwich. Das erste Mal Fahrrad ohne Stützräder in der Auffahrt fahren. Wahnsinn. Crazy. Kamera raus! Es gibt viele erste Male: Meine erste Erinnerung an diese schwarze Wolke, mein erster Albtraum, in dem ich an ihr erstickte, lag Jahre zurück. Und jetzt: Zum ersten Mal kam die Wolke am Tag und erstickte mich bei vollem Bewusstsein. Unter Menschen, die dabei zusahen. Darius und Oya und die anderen Seniors unter dem Vordach.

Am

Helllichten

Tag.

Im Regen.

Auf dem Schulhof dieser neuen Highschool, während meine Hand, inzwischen gefühllos und kalt, schlaff in der Hand dieses Darius Seaborn mit den blauen Augen lag.

Die Dunkelheit kam auf einen Schlag. Die Wolke verschluckte jedes Licht um mich herum. Wie ein Tornado. Sie überfiel mich und ließ mich in die Knie gehen, presste meine Stirn auf den harten Asphalt, ließ mich Darius' Hand loslassen. Die Wolke war wie immer wahnsinnig laut. Sie brüllte. In meinen Ohren. In mir. Überall.

»Kassandra!«, schrie Oyas Stimme dazwischen wie aus weiter Ferne. »Kassandra!«

Ich hatte das Gefühl, weinen, schreien zu müssen, aber ich war wie erstarrt, rührte mich nicht mehr. Versank nur in der tosend lauten Dunkelheit und presste den Mund fest zu.

Jemand streichelte meine Stirn, die heiß war. Oder

kalt? Ich konnte es nicht richtig spüren. Wo war ich? Mühsam öffnete ich die Augen.

Da war Oya. Sie sah zu Tode erschrocken aus. Aber es war nicht ihre Hand, die mich gestreichelt hatte.

»Kassandra?«, fragte der fremde Mann. Seine Stimme klang besorgt und behutsam. Fast so, als spräche er mit einem sehr kleinen Kind.

»Kassandra? Geht es dir wieder besser?«

Ich schaute mich verwirrt um.

»Das ist das Schulbüro«, erklärte der Mann, der meinen Blick gesehen hatte. »Ich habe dich hochgetragen, nachdem du ohnmächtig geworden bist.«

»Ohnmächtig?«, flüsterte ich.

Oya und der fremde Mann nickten.

»Ich bin übrigens Elija Rosen, Oyas Ansprechlehrer und außerdem Vertrauenslehrer dieser Schule«, sagte Mr Rosen. Er lächelte mir zu. Sein Lächeln glitt von seinen Lippen und wärmte für Sekunden mein kaltes, schmerzendes Gesicht. Neben seinem Gesicht tauchten weitere Gesichter auf. Wie es aussah, gehörten sie den beiden Schulsekretärinnen.

»Wir erreichen die Mutter nicht«, sagte eine von ihnen eine Spur ungeduldig. »Nicht auf dem Festnetz und nicht mobil.«

»Du sollst ins Krankenhaus. Untersucht werden«, erklärte Oya leise. »Oh Kassandra, was war nur los mit dir? Du bist einfach so zusammengebrochen. Ohne einen Mucks von dir zu geben. Es war so – unheimlich.«

Die Wolke, dachte ich. Aber die Wolke war nur meine

Wolke, nachts wie tagsüber. Außer mir sah und vor allem fühlte sie niemand.

Ich richtete mich auf.

»Ich … ich bin in Ordnung«, sagte ich, während sich ein eiserner Ring aus Gereiztheit um meinen Kopf legte, der mir Kopfschmerzen bereitete. Warum hatte mich mein Albtraum derart bloßgestellt? Wie konnte man einen solchen Traum am Tag träumen, während man die Augen offen hatte und bei vollem Bewusstsein war? Ich war mir sicher, nicht wirklich ohnmächtig gewesen zu sein. Es war wie nachts, nur dass ich da alleine war und dass ich da sowieso lag und nicht einknicken musste unter dem Druck der brüllenden, erstickenden Wolke. Ich war einfach still und benommen gewesen, weiter nichts. Vielleicht weggetreten, vor allem aber gelähmt vor Angst und Entsetzen.

»Ich bin wieder in Ordnung, wirklich«, wiederholte ich. Aber mein Wort genügte ihnen nicht. Sie schafften mich ins Krankenhaus. Mr Rosen ging links von mir, Oya rechts, während wir zum Lehrerparkplatz liefen. Zuerst dachte ich, sie wollten mich tatsächlich stützen, aber dann ließen sie mich doch alleine gehen.

»Du blutest an der Stirn«, erklärte Oya, während wir in Mr Rosens Auto stiegen. Eine der Sekretärinnen hatte mir ein Taschentuch in die Hand gedrückt, ehe wir das Büro verließen, und Oya tupfte damit vorsichtig gegen die Schürfwunde an meinem schmerzenden Kopf.

»Hattest du so was schon öfter? Und ist es in Ordnung für dich, dass ich dich ins Krankenhaus begleite?«, fragte Oyas Ansprechlehrer, der Vertrauenslehrer dieser Highschool. Wir fuhren vom Parkplatz auf den Highway.

Ich schüttelte den Kopf und nickte. Zwei Fragen, zwei Antworten.

Im Krankenhaus röntgen sie meinen Kopf und stellten mir Fragen. Zuerst fragten sie, ob Mr Rosen mein Vater sei.

Nein, war er nicht.

Nein, es gab, soweit ich wusste, keine Epilepsie in meiner Familie.

Der Tod meines Vaters? Nein, kein Hirntumor.

Nein, mir war nicht schwindelig gewesen. Nein, auch jetzt war mir nicht schwindelig.

Meine Reflexe, das Röntgenbild, meine Blutwerte, mein Gewicht. Alles war in Ordnung. Man schob es auf meinen Kreislauf, aber ich bekam dennoch einen Termin für eine gründliche Kernspin-Untersuchung in der kommenden Woche.

Dann durfte ich endlich gehen.

Mr Rosen fuhr uns nach Hause. Oya sollte mich begleiten und bei mir bleiben, bis meine Mutter zurück wäre.

»Gute Besserung«, sagte er zum Abschied und lächelte mir aufmunternd zu.

»Danke«, antwortete ich. Angekommen im Haus, trafen wir Rabea, die ebenfalls gerade nach Hause gekommen war. Ihre Augen sahen aus, als hätten sie geweint. Und das zerknüllte Taschentuch, das sie gerade in den Küchenmüll warf, als wir zur Tür hereinkamen, bestätigte diese Vermutung.

»Was ist mit euch? Warum seid ihr schon da?«, fragte sie misstrauisch.

»Was ist mit dir? Warum hast du geweint?«, fragte Oya genauso misstrauisch.

Komisch, dass ich noch nie mit Rabea – oder Oya – über die Wolke gesprochen hatte. Auch nicht früher. Wenn ich nachts wach wurde, schon als ich noch klein war, erfand ich andere Albträume, die ich erzählte, wenn Rabea in mein Zimmer kam, wo ich weinend im Bett saß.

Und so war es auch heute. Ich berichtete lediglich von meinem vermeintlichen Kreislaufzusammenbruch und reichte ihr den Arztbericht und den Termin zur Untersuchung in der kommenden Woche im Andrew-Johnson-Memorial-Hospital. Das war es. Die Wolke war meine Sache.

»Und jetzt du«, hakte Oya anschließend mit fast drohender Stimme nach. »Warum hast du geweint? Was ist passiert? Willst du … etwa schon wieder um-ziehen? Ein neuer Lover? Wo? Japan? China? Polen?«

Rabea schüttelte den Kopf, aber sie sah weiter nie-dergeschlagen aus. Es war dieser Psychiatriejob. Sie würde ihn nicht machen.

Warum nicht, erklärte sie uns nicht. Sie brauchte jetzt dringend eine andere Geldquelle, wenn wir nicht in absehbarer Zeit auf der Straße sitzen wollten.

Bis zum Abend hatte ich Kopfschmerzen. Und bis zum

Abend musste ich an diesen Darius aus meiner neuen Schule denken. An ihn und seine tiefliegenden, intensivblauen Augen. An seine warme Hand mit den Regentropfen darauf. Ich spürte eine eigentümliche Leere, die ich loswerden wollte und doch nicht loswerden wollte. Oder nicht loswerden konnte. Wie auch immer.

»Hexenaugen«, begrüßte er mich am nächsten Schultag am großen Schultor und stieß sich mit dem Fuß von dem Baum ab, an dem er gelehnt hatte.

»Wie bitte?«, fragte ich perplex.

»Du. Deine Augen. Hexenaugen«, erklärte Darius und lächelte kryptisch.

Ich gab ihm keine Antwort darauf und wich seinem Blick aus. Warum machte es mich bloß so nervös, ihn anzuschauen? Warum fühlte ich mich so eigenartig leer, wenn sich unsere Blicke kreuzten? Ich hatte das Gefühl, ihn zu mögen und doch nicht zu mögen.

»Geht es dir wieder gut?«

Darius ließ nicht wirklich locker. Wir gingen nebeneinander her in den Seniorspavillon.

»Ja. Alles in Ordnung«, antwortete ich knapp.

»He, ich habe mich nämlich fast zu Tode erschreckt, als du gestern so zusammengeklappt bist. Im ersten Moment dachte ich, du bist vielleicht tot, oder so was. Und das war echt ein ziemlich ekliger Gedanke: Ich gebe einem Mädchen die Hand, und zack, fällt sie um und ist dahingerafft, während ich noch ihre Hand in meiner habe …«

Ich machte eine abwehrende Geste.

»Sie sind übrigens rauchig, silbrig, grünlichgrau«, fuhr Darius fort. »Deine Augen, meine ich. Sehr sexy, wenn du mich fragst. Frag mich also ruhig.«

»Hör doch mal auf, sie anzumachen, Darius«, unterbrach ihn Selma ungeduldig. Ich war ihr dankbar dafür und ich war weiterhin davon überzeugt, dass meine Augen einfach nur grau waren. Wolkengrau. Steingrau. Urzeitgrau. Grau mit grauen Schlieren darin. Nichts Besonderes also.

Ein paar Worte zum Thema SEX:

Oya war vierzehn, als sie zum ersten Mal mit einem Jungen schlief. Es war in unserer Pariszeit, und der Junge hieß Clément und war siebzehn. Die Schwester meiner besten Freundin auf Stromboli hatte zum ersten Mal Sex in ihrem Leben, als sie gerade mal zwölf war. Dafür behauptet Achmed, seine Mutter habe seinen Vater mit fünfundzwanzig Jahren geheiratet und sei bis zu diesem Tag Jungfrau gewesen. Ich für meine Person habe ebenfalls noch nie mit jemandem geschlafen. Es hat sich noch nicht ergeben. Keine Ahnung, warum.

Hey, Weltenbummlerin, alles okay bei dir?, schrieb Achmed an diesem Abend. *Du hast dich seit gestern nicht gemeldet!*

Achmed nennt mich Weltenbummlerin von Anfang an und seitdem konsequent in allen seinen Briefen.

Weltenbummlerin klingt positiv, viel positiver als die Wirklichkeit ist, aber ich mag es. Vielleicht gerade deshalb.

Weltenbummelt doch mal für ein, zwei Jahre in die Türkei, schrieb Achmed weiter. *Was meinst du? In der Türkei fließen sozusagen Milch und Honig. Schönes Land! Viel Kultur! Das Meer! Und hey, Achmed ist dort! Er wäre außer sich vor Freude, euer Fremdenführer und Zeitvertreiber zu sein! Sag das R. mit einem Gruß von mir!*

Ich lächelte meinem Laptop zu. Fast zur gleichen Zeit fand Oya Jonna Sjöborg wieder.

»Sie hat eine neue E-Mail-Adresse«, murmelte meine kleine, große Schwester. »Ich habe an die Pinnwand ihrer alten Schule in Växjö geschrieben, darauf hat sie tatsächlich geantwortet. Dabei geht sie jetzt in Göteborg zur Schule. Weiß der Himmel, warum.«

»Prima«, sagte ich und freute mich für sie, während ich Achmed schrieb, dass ich mir fest vorgenommen hatte, in den nächsten Jahren, komme, was da komme, nicht mehr umzuziehen.

»Sergio antwortet allerdings nicht«, sagte Oya in diesem Moment. Sergio Milazzo, Rabeas Exfreund aus Stromboli, schrieb Oya gelegentlich, weil sie ihm oft schrieb.

Schade, Weltenbummlerin, schrieb Achmed.

»Warum rührt er sich bloß kaum noch?«, sagte Oya, und ihre Stimme klang ähnlich wie traurig.

»Oya, er hat eine neue Frau! Und jetzt ein eigenes Kind. Er hat bestimmt viel um die Ohren«, sagte ich zu meiner Schwester, die, wie gesagt, schwer loslassen kann.

Ach ja, eine meiner Großmütter ist gestorben. Ganz plötzlich, schrieb Achmed in diesem Moment. *Morgen fahren wir alle ans Marmarameer zur Beerdigung. Allah Akbar. Ich bin ziemlich traurig, wirklich.*

Wir schrieben noch eine Weile hin und her, ich mit Achmed und Oya mit Jonna in Schweden.

»Jonna wohnt jetzt bei ihrer Großmutter in Göteborg«, sagte Oya irgendwann. »Ihre Eltern sind irgendwo im Nordosten Afrikas bei antiken Ausgrabungen. Ein ganzes Jahr lang. Sie sind bekannte Archäologen. Weißt du noch?«

Großmütter. Überall Großmütter. Ich runzelte die Stirn.

Als Rabea nach Hause kam, sprach ich sie darauf an.

ICH: Rabea, wo sind eigentlich deine Eltern? Warum sehen wir sie nie? Das ist doch bescheuert. Leben sie noch in Connecticut?

MEINE MUTTER: Ach, Kassandra, du weißt doch, dass ich mich mit ihnen vor Jahren zerstritten habe. Wir brauchen sie nicht. Sie sind borniert. Engstirnig. Und aggressiv.

ICH: Vielleicht haben sie sich geändert. So was kommt doch vor.

M(EINE) M(UTTER): Geändert? Glaub mir, die können sich gar nicht mehr ändern. Ich bin froh, dass ich sie los bin. Glaub mir. Sie tun uns nicht gut.

ICH: Und was ist mit – Raymonds Mutter?

Meine Mutter, die dabei war, den Anrufbeantworter abzuhören, Katzenhaare vom Sofa zu zupfen und gleichzeitig aus ihren Schuhen zu schlüpfen – sie tut ständig eine Menge Dinge gleichzeitig, – sank auf das immer noch katzenhaarige Sofa und drehte sich, überrumpelt, wie es schien, zu mir um.

MM: Marjorie?

Ich nickte.

Meine Mutter schaute einen Moment lang vor sich hin, es sah aus, als schweife ihr Blick weit zurück in die Vergangenheit und als gefalle ihr nicht besonders, was sie dort sah.

MM: Oh, Marjorie …

ICH: Was ist mit ihr? Ist sie auch tot?

MM: Tot? – Das könnte natürlich sein. Es ist viel Zeit vergangen. Sie müsste inzwischen …

Rabea fuhr sich mit den Fingerspitzen über die Stirn.

MM: … auch schon Mitte Siebzig sein. Himmel. Wie die Zeit vergeht.

ICH: Ich erinnere mich überhaupt nicht mehr an sie. Wo ist sie? Und wie ist sie? Warum ist sie spurlos verschwunden? Hast du mit ihr auch Streit?

MM: Streit? Nein, nicht direkt Streit. Es war eher …

ICH: Eher was?

MM: Kassandra, ich weiß es nicht genau. Es hatte – mit Raymond zu tun. Es war, weil …

ICH: … weil was?

MM: Ich weiß es nicht. Wirklich nicht. Sie war sehr unglücklich damals, als … es passierte.

ICH: Als Raymond starb?

MM: … ja …

ICH: Aber warum ist sie aus unserem Leben verschwunden?

MM: Sie wurde eisig und unnahbar in ihrem Unglück, Kassandra. Ich … ich konnte sie nicht mehr erreichen.

ICH: Aber was war mit Oya und mir? Wollte sie uns auch nicht mehr sehen? Ich meine, Raymond war ihr einziges Kind, oder? Da sollte man doch meinen …

MM: Kassandra, können wir ein anderes Mal darüber reden? Bitte. Ich bin müde und habe Kopfschmerzen. Und mein Tag war schrecklich.

Der September zog sich hin. Ich musste in den Kernspintomographen, aber sie fanden nichts.

»Alles in Ordnung mit dir?«, fragte mich Mr Rosen, als wir uns einmal auf dem Schulhof begegneten. »Hast du dich untersuchen lassen?«

Ich nickte. »Ja, alles in Ordnung.«

»Da bin ich aber froh«, sagte Mr Rosen, lächelte mir zu und ging weiter. Seine Augen waren so hellbraun, wie ich noch nie zuvor hellbraune Augen gesehen hatte.

Oya bestand natürlich den schulinternen Hochbegabtentest und lernte jetzt Schwedisch.

»Du spinnst doch«, sagte ich zu ihr. »Wie viele Sprachen willst du noch lernen?«

Oya schaute mich an. »Es ist die erste Sprache, für die ich mich selbst entscheide, die mir nicht Rabea aufzwingt. Es macht Spaß. Es gibt mir das Gefühl, selbstverantwortlich zu sein. Und ich kann mit Jonna üben. Es ist der schwedische Astrid-Lindgren-Zauber. Schwedisch beruhigt mich. Vielleicht besuche ich Jonna in den Weihnachtsferien in Göteborg. Mal sehen.«

Ich traf mich ein paarmal mit Selma und den anderen Mädchen aus meinen Kursen. Und ein paarmal mit Darius, weil er so hartnäckig war.

Drei Probleme:

1. Darius, der mir diese Stadt schmackhaft machen und mir beim Eingewöhnen helfen will, indem er meine Hand nimmt, mich anlächelt, über meine Augen spricht und mich küssen will.

2. Die Wolke, die kommt und geht und mir Angst macht.

3. Rabea, die in schlechter Verfassung ist.

»Ich erinnere mich übrigens doch noch an Marjorie«, sagte ich zu Oya. Es war in unserer Mittagspause. Wir saßen in der McKinley-Wildnis hinter dem Hauptgebäude der Schule und sonnten uns, weil die letzten Septembertage warm und sonnig genug zum Sonnen waren. Die McKinley-Wildnis war ein mystischer Ort, den ich ins Herz geschlossen hatte. Es war ein Stück Wald des Staates Connecticut, dessen genaue Vergangenheit keinem wirklich bekannt war. Keiner wusste mehr, wer die McKinleys gewesen waren oder was sie getan hatten für Connecticut, während sie hier gelebt hatten. Es war einfach ein wildes, vergessenes Stück Land, das hinter der Highschool begann und ein paar Hektar Platz einnahm, ehe ein Freeway und ein Industriegebiet seine Freiheit raubten. Aber der Freeway und die alte Fabrikanlage waren fern, unsichtbar und unhörbar für die vielen Generationen Schüler der Woodrow-Wilson-Highschool, die hier in der Sonne gelegen, Joints geraucht oder was auch immer getrieben hatten. Mich erinnerten die niedrigen, zerbröckelten, ärmlich anmutenden Steinmauern, die hier und dort über das verlassene Grundstück verliefen, an meine und Oyas Kinderzeit in Rumänien. Genau wie die wilden Rosen und Astern, die hier überall wucherten. Die Luft dagegen roch wie die Luft im Wald von Fontainebleau, dem Wald in der Nähe von Paris, wo Oya zum ersten Mal mit Clément Sex gehabt hatte. Würzig und klar. Und die Einsamkeit und Abgeschiedenheit der McKinley-Wildnis war Oyas und meine Hommage an Stromboli.

Darius hatte sich uns angeschlossen an diesem Mittag. Außerdem Brendan, Darius' bester Freund. Allerdings saßen sie nicht wie wir, sondern lagen wie erschossen im Gras. Darius auf dem Rücken mit einem Grashalm im Mund, Brendan auf dem Bauch, das Gesicht im Gras, Restsommer einatmen, wie er uns erklärte.

»Wer ist diese Marjorie?«, hakte Darius schläfrig und mit halbgeschlossenen Augen nach.

»Tatsächlich?«, fragte Oya, ohne auf ihn zu achten.

Ich nickte. »Ja. Sie trug Bernsteinketten, glaube ich. Diese langen Ketten mit diesen vielen, hellbraunen Perlen, in denen man winzige Insekten sehen konnte. Ich durfte sie mir ansehen. Wir saßen zusammen auf einer Wiese im Sonnenschein und ich war überzeugt davon, dass sie die Flügel schütteln und sofort wieder losfliegen würden, sobald man es nur schaffen würde, die Perlen zu zerbrechen. Außerdem roch sie nach – Orangen, glaube ich. Wir saßen dicht aneinander gedrängelt auf ihrem Schoß. Sie war nett, hatte die Arme um uns gelegt und hielt uns fest. Schade, dass du dich nicht erinnerst.«

»Wer ist diese Marjorie, von der du da faselst?«, fragte Darius noch einmal.

»Ja, schade. Warum ist nichts davon bei *mir* hängengeblieben?«, murmelte Oya.

»Du warst doch erst zwei«, erinnerte ich sie.

Oya kann sich auch an Raymond nicht erinnern.

Meine Erinnerungen an meinen Vater:

Er ging Hand in Hand mit mir in den Drugstore. Er sang mir *Hush little Baby* vor. Er ließ mich in Pfützen springen, weil ich das mochte. Er rannte mit uns ... wohl eher mit mir, Oya war ja noch sehr klein, durch hohes Gras. Er beobachtete auf dem Bauch liegend einen großen Ameisenhaufen mit uns. Er zeigte uns Schmetterlingsraupen und wie sie sich verpuppten und später völlig verwandelt ausschlüpften. Wir beobachteten Bienen zusammen ...

So viele Erinnerungen.

Manchmal wurde mir schwindelig davon. Manchmal waren diese Erinnerungen unerträglich. Manchmal sehnte ich sie herbei.

»Unsere Großmutter, du Nervensäge. Die Mutter unseres gestorbenen Vaters«, beantwortete Oya Darius' Frage, als er sie zum dritten Mal stellte. Darius konnte sehr hartnäckig sein, wenn er wollte, und meistens wollte er.

Brendan wälzte sich ächzend auf den Rücken, hob den Hintern, zupfte eine ziemlich zerknautschte Zigarettenschachtel aus seiner Gesäßtasche, zog mit gespitzten Lippen eine Zigarette heraus und zündete sie an, indem er sein Gewicht auf die Seite verlagerte und sich mit dem linken Ellenbogen ins Gras stützte. Anschließend ließ er sich aufatmend zurücksinken, eine Rauchwolke über sich.

»Falls es von allgemeinem Interesse ist: *Meine Grandma hat vor ein paar Jahren noch mal geworfen«*, sagte er grinsend und inhalierte tief den Rauch seiner Chesterfield. »Also, noch ein Kind bekommen, meine ich. Wenn das nicht voll peinlich ist! Ich habe somit jetzt einen Onkel, der drei Jahre alt ist. Er heißt Jayden. Onkel Jayden, sozusagen. Er mag es, wenn ich ihn unter dem Kinn kitzle.«

Wir lachten.

»Wie alt ist denn deine Grandma?«, erkundigte sich Oya hinterher eine Spur verwirrt.

»So Mitte Fünfzig. Sie bekam meine Mom, als sie

noch sehr jung war – und Onkel Jayden eben vor drei Jahren.«

»He, Zigarette aus, Brendan!«, rief in diesem Moment eine strenge Stimme vom Wegrand am Kopf der Wiese.

»Oh, Rosenalarm!«, murmelte Brendan ärgerlich, drückte seine Kippe gekonnt mit Daumen und Zeigefinger aus und steckte sie sich hinters Ohr.

»Und so was nennt sich nun Vertrauenslehrer. Lehrer des Vertrauens«, sagte Darius kopfschüttelnd. »Warum ausgerechnet dieser Trottel die Vertrauenslehrerwahl gewonnen hat, wird mir immer ein Mysterium bleiben.«

Mr Rosen kam unterdessen zu uns auf die Wiese und bestand darauf, dass Brendan die halbe Chesterfield hinter seinem Ohr hervorholte und abgab.

»Wer sagt, dass ich das Ding nicht später zu Ende rauchen kann, wenn die Schule rum ist?«, regte Brendan sich auf.

»Ich sage das«, entgegnete Mr Rosen und verstaute die gelöschte Zigarette sorgfältig in seiner Tasche.

»Oh Mann«, murmelte Brendan und wälzte sich wieder auf den Bauch, während Mr Rosen uns der Reihe nach ansah.

»Darius, wie sieht es aus? Bist du diesen Winter wieder beim Basketballturnier dabei?«

Darius zuckte mit den Achseln. »Man wird sehen. Bis zum Winter ist es noch lang hin. Wer ist so blöd und denkt jetzt schon an den Winter? Bei diesem Wetter?«

Darius machte eine weitausholende Geste, die die ganze McKinley-Wildnis umfasste. Einschließlich des blauen Himmels und der strahlenden Sonne.

»Die Listen hängen jedenfalls schon aus«, erklärte Mr Rosen und wandte sich an meine Schwester, die dabei war, an ihrem Smartphone eine Nachricht auf Schwedisch an Jonna in Göteborg zu verfassen. »Wie ist es mit dir? Kommst du mit deinem Geschichtsreferat klar, Oya? George Washingtons Winter in Valley Forge ist dein Thema, wenn ich mich nicht irre, oder?«

Oya nickte zerstreut. Natürlich nickte sie. Schulisch kam Oya mit allem klar, schon seit der ersten Klasse. Sie nahm an der Woodrow-Wilson-Schule wieder am Hochbegabtenprogramm teil, wie sie es vorher auch in Paris getan hatte.

Dinge, mit denen Oya Deborah Armadillo weniger gut klarkommt als mit der Schule:

Häufige Umzüge – Rabeas Launen – Kontrollverlust und andere Verluste – Vaterlosigkeit. Hierzu ein Beispiel: Oya hält verbissen den Kontakt zu: Pavel (in Prag), Edgar (in Milwaukee), Sergio (auf Stromboli) und Jérôme (in Paris). Mit jedem von ihnen hatten wir eine Weile gelebt, sie alle waren Exbeziehungen von Rabea, längst gelöscht aus ihrem Kopf, aber fest verhaftet in Oyas, die ihnen regelmäßig schrieb. Mal eine E-Mail, aber manchmal auch richtige Briefe oder schwarzweiße Postkarten, von denen sie gestapelte Vorräte hortet.

Nur Sergio schrieb regelmäßig zurück. Und Edgar

schrieb uns beiden zu unseren Geburtstagen und an Weihnachten. Die Inhalte seiner Schreiben waren geradezu lächerlich, er schrieb über seine Reptilien, Neuanschaffungen, Gestorbene, Kränkliche, erfolgreich Geschlüpfte und dergleichen. Und manchmal verlor er sich dabei in gähnend langweiligen Details, denn – im Ernst – niemand außer ihn selbst interessiert es doch wohl, mit welcher zink- oder schwefelhaltigen Paste man am besten den Hautausschlag eines kränklichen Leguans heilt, oder? Trotzdem hängt Oya an diesen Schreiben, Sergios und Edgars, und es kränkt sie, dass Pavel und Jérôme uns anscheinend vergessen haben wie Rabea die beiden vergessen hat.

»Und du, Kassandra? Wie geht es dir? Gut eingelebt an unserer Schule?«, riss mich Mr Rosen in diesem Moment aus meinen Gedanken. »Hast du mal darüber nachgedacht, in die Theater-AG zu gehen? Mr Walenta leitet sie. Kennst du ihn schon? Vielleicht hättest du Spaß.«

Ich öffnete den Mund, um zu antworten, aber Oya kam mir zuvor. »Theater-AG? Das wird nicht gehen, Mr Rosen. Kassandra hat eine geradezu panische Öffentlichkeitsphobie.«

Ich warf ihr einen ärgerlichen Blick zu, obwohl es stimmte. Ich kam noch nie gut damit klar, in der Öffentlichkeit vor vielen Leuten zu sprechen. Vom Theaterspielen ganz zu schweigen.

Mr Rosen lächelte mir aufmunternd zu. »Vielleicht gehst du einfach mal vorbei und siehst es dir an. Ich könnte mir vorstellen, du hättest Spaß. Und Phobien kann man schließlich überwinden. Das nächste geplante Projekt ist *Endstation Sehnsucht*. Ein tiefgründiges Stück. Ich mag es sehr.«

Weil unsere Mittagspause sowieso inzwischen vorbei war, gingen wir zusammen mit Mr Rosen den langen, gewundenen Trampelpfad zurück zur Schule. Brendan verwickelte ihn für eine Weile in eine kontroverse Diskussion darüber, wem die halbe Chesterfield in Mr Rosens Tasche nun eigentlich wirklich zustand. Unterwegs klingelte Oyas Handy.

»Rabea ...!«, sagte sie, nachdem sie einen Blick auf das kleine Display geworfen hatte. Sie verdrehte die Augen.

»Ob sie es uns jetzt sagt? Dass sie schon wieder weg will, meine ich. Verdammt, welchen Grund hätte sie sonst, während der Schulzeit anzurufen? Das macht sie doch sonst nicht. Ich wette, sie hat einen tollen, neuen Lover aus Polen aufgetan und will jetzt so schnell wie möglich nach Warschau oder so!«

Aber der Anruf hatte nichts mit Rabea persönlich zu tun. Es ging vielmehr um Billyboy.

»Kassandra, stell dir vor: Er hat Oberst von Gatow gefressen!«, berichtete Oya aufgeregt und kam uns hinterhergerannt. Erst gestern Abend hatten Oya und ich mit unserer neuen Nachbarin Zelda, einer wahnsinnig dicken Sechzehnjährigen, eine Partie *Cluedo* in unserem Wohnzimmer gespielt und das Spiel hinterher leichtsinnigerweise stehenlassen. Dabei wussten wir doch, dass unser Stromboli-Kater eine perverse Leidenschaft hat, Dinge, die aus Katzensicht interessant aussehen, zu verspeisen, sofern er es schafft, sie irgendwie hinunterzuwürgen. Da war mal ein Ring mit Strass-Stein, ein anderes Mal ein Q-Tipp zum Ohrenreinigen und einmal sogar ein Zahnbürstenkopf von einer Ökozahnbürste mit Wechselköpfen.

»Die blöde Figur hängt ihm jetzt irgendwie in der Kehle fest«, schluchzte Oya. »Rabea fährt ihn zu einer Tierärztin, aber dann muss sie gleich weiter. Sie hat einen wichtigen Termin wegen dieser blöden Psychiatriewände. Wir müssen übernehmen. – Dürfen wir, Mr Rosen? Ich habe nur noch Bildhauen. Und Kassandra … – Kassandra, was hast du jetzt noch?«

Oya sah verzweifelt aus.

Ich hatte Leichtathletik und Mr Rosen erlaubte uns, zu Billyboy zu fahren. Und nicht nur das: Er lieh uns außerdem Darius, der uns hinbringen sollte. Schließlich galt es, in möglichst kurzer Zeit eine Strecke von etwa zwanzig Meilen zu bewältigen. Ohne ein Auto wären wir chancenlos.

»Danke!«, riefen wir und stürzten los zu Darius' altem Pick-up, der auf dem Schülerparkplatz stand. Wenn Rabea nicht übertrieben hatte, bestand die Gefahr, dass Oberst von Gatow Billyboy umbrachte.

Rabea hatte Oya die Adresse der Tierklinik genannt, und dank des Navigationssystems auf Oyas Smartphone fanden wir sie schnell. Billyboy hatte es inzwischen Gottseidank geschafft, Oberst von Gatow durch seine Katzenkehle zu quetschen, aber gerettet war er dadurch noch nicht.

»Wir werden ihn operieren müssen«, erklärte uns einer der Klinikärzte und wies mit besorgter Miene auf ein Röntgenbild von Billyboys Verdauungstrakt. Darius nahm meine Hand in seine. Außer dem Schemen von Oberst von Gatow, der lässig in Billyboys Magen stand, gab es da noch einen anderen Schatten.

Oya bestätigte die Frage des Tierarztes, ob Billyboy sich in der letzten Zeit häufiger übergab, und das wiederum bestätigte den Verdacht des Arztes, der andere Schatten in Billyboys Gedärmen sei mit Sicherheit ebenfalls etwas verbotenerweise Heruntergeschlungenes, Unverdauliches.

»Wir werden sehen«, murmelte er, während er an Billyboys Bauch herumtastete.

Rabea verabschiedete sich hastig, während Oya dem Arzt und unserem alten Kater, der jetzt matt und benommen in dessen Armen lag, in den Operationsraum folgte. Darius und ich blieben alleine zurück. Gut, nicht wirklich alleine, denn da waren noch etliche Wartende im Wartezimmer, ein paar Menschen und ein paar unruhige Katzen, Hunde und Nagetiere, aber alleine genug, dass Darius, während wir am Fenster standen, seinen Blick in meinen bohrte und schließlich seine Stirn gegen meine legte. Ich zuckte zurück.

»Sorry«, sagte Darius. »Du bist besorgt wegen deines irren Katers, stimmt's?«

Ich nickte, aber das war nur die halbe Wahrheit. Die ganze Wahrheit war, dass mich etwas zu Darius zog, aber dass dieses Etwas mir gleichzeitig irgendwie Angst machte. Ich mochte seine blauen Augen, seine langen Wimpern, sein helles Gesicht, seine vereinzelten Sommersprossen darin. Aber irgendetwas war da, das mir …

»Kaffee? Cola? Irgendwas? Im Gang steht so ein Automat«, fragte Darius in diesem Moment in meine Gedanken hinein.

»Lieber raus hier«, erwiderte ich schnell. »Ich glaube, ich brauche frische Luft.«

Wir gingen nach draußen und setzten uns auf ein kleines Rasenstück am Rand des Parkplatzes der Tierklinik. Immer noch schien die Sonne, aber nicht mehr so warm wie am Mittag.

»Es riecht nach Herbst«, stellte Darius schnuppernd fest. »Und nach Highway. Eine illustre, amerikatypische Mischung.«

Er lachte leise, pflückte ein dreiblättriges Kleeblatt und drückte es mir in die Hand.

»Ich weiß, ein Vierblättriges wäre poetischer, aber – ganz ehrlich – ich habe noch nie eins gefunden.«

»Hast du Geschwister?«, fragte ich, weil diese Frage mir plötzlich durch den Kopf schoss, und drehte das kleine Kleeblatt zwischen meinen Fingerspitzen.

Darius nickte. »Einen Bruder. Eine Nervensäge. Er ist zwölf.«

»Wie heißt er?«

»Lester. Genannt Les.«

»Les …«, wiederholte ich. Auf einmal war mir schwindelig. Ich schloss für einen Moment die Augen.

Der Name eines unbekannten Jungen:

Lester Seaborn. Genannt Les. Zwölf Jahre alt.

Darius' Bruder.

Eine Frage (oder zwei):

Wo war das Problem?

Was, verdammt nochmal, war nur los mit mir in der letzten Zeit?

»Alles klar bei dir?«, erkundigte sich Darius, der anscheinend dasselbe dachte. Seine Stimme klang besorgt.

»Ja. Klar«, sagte ich eilig und öffnete die Augen. Dabei schlug mein Herz viel zu schnell. Und unruhig. Es knallte von innen gegen meine Rippen, als sei es irgendwie beschädigt. Ich musste an Sergios kleines Motorboot denken, mit dem wir in unserer Strombolizeit ein paarmal alle zusammen aufs offene Meer hinausgefahren waren. Einmal hatte es einen Motorschaden gehabt. Mein Herzschlag fühlte sich ähnlich an, wie der Motor des defekten Bootes damals geklungen hatte.

Kurz darauf kam zum Glück Oya nach draußen. Hastig stand ich auf. Meine Knie fühlten sich wackelig an. Darius erhob sich ebenfalls und klopfte sich umständlich unsichtbares Gras von der Jeans.

»Und?«, fragte ich.

Oya sah mitgenommen aus und zuckte mit den Achseln. »Noch lebt er. Aber er schläft. Wir sollen ihn bis morgen hierlassen. Zur Beobachtung. Sie haben gesagt, er sei noch nicht völlig über den Berg.«

»Und Oberst von Gatow?«, erkundigte sich Darius.

»Ist wieder da. Außerdem die Überreste einer Socke. Stellt euch vor, er hat tatsächlich irgendwann und unbemerkt eine ganze Tennissocke heruntergewürgt!«

»Puh!«, machte Darius und schüttelte sich.

Und damit kletterten wir zurück in seinen alten Pick-up.

»Und wohin jetzt?«, fragte Darius, während er den laut röhrenden Motor startete.

»Sunland Road. Oder?«, gab ich matt zur Antwort. Oya nickte. Vielleicht war Rabea schon zurück und hatte wider Erwarten etwas zu Essen gemacht. Zum ersten Mal fühlte sich die Sunland Road ein bisschen wie *Zu Hause* an. Wenigstens an diesem Abend, in der Dämmerung, zusammen mit Oya und Darius im Auto, als wir in sie einbogen.

Billyboy überlebte Oberst von Gatow, den wir zurück in die Cluedoschachtel legen konnten, nachdem Rabea ihn gereinigt und desinfiziert hatte. Oya freundete sich mit Zelda aus dem Nachbarhaus an und versuchte, ihr trotz ihrer Dickleibigkeit zu ein bisschen mehr Selbstbewusstsein zu verhelfen. Und sie daran zu hindern, sich dauernd im Haus zu verkriechen und beharrlich Brownies zu backen.

Der Oktober begann, und eines Nachts gab es den ersten Frost. Tagsüber war der Himmel wolkenlos blau und die Luft unbewegt und trocken. Die Ahornbäume, die die Sunland Road säumten, glühten gelb und rot und orange. Schön. Wirklich schön.

Auszug aus einer E-Mail von und an Achmed:

… Okay, ich verrate dir etwas: Als ich dich mit dreizehn als E-Mail-Freundin abbekam, war ich zuerst stinkwütend! Da war ein Fehler unterlaufen. Du warst ein Fehler. Sorry, aber so war es. Alle – Alper, Hakan, Irfan und Emirhan, meine Freunde, alle hatten Jungen bekommen! Und ich? Ein Mädchen! Und noch dazu eins, das Kassandra Gürteltier heißt! Hey, ich war echt sauer! Aber dann sah ich dein komisches kleines Foto und las deine erste, komische E-Mail. Und da – boah, es war mir voll peinlich – aber da mochte ich dich! Und, Kassandra, so ist es bis heute! Du bist, verdammt nochmal, das Beste, was mir passieren konnte! Aber okay, genug der Gefühlsduselei! Also: Zurzeit pauke ich wie ein Verrückter für meinen bescheuerten Schulabschluss. Warum will ich mal Medizin studieren? Wie bin ich bloß auf diesen Bockmist gekommen? Vielleicht sollte ich alles hinschmeißen und stattdessen lieber Fischer werden? Oder etwas in der Art jedenfalls. Ich habe einen Cousin, der ist Schafhirte. Super, sage ich dir. Er führt voll das gechillte Leben …

Meine Antwort:

… Etwas stimmt nicht mit mir, Achmed. Und du bist auch das Beste, was mir passieren konnte! Pass auf, eines Tages komme ich tatsächlich, und dann fahren wir zusammen ans Marmarameer. Aber mal im Ernst: Ich habe Angst, verrückt

zu sein. Oder zu werden. Ich kann's nicht wirklich erklären. Aber ich träume zum Beispiel seit Jahren von einer schwarzen Wolke, die mich erstickt. Einer lauten, irgendwie schreienden Wolke. (Wie komme ich bloß auf so einen Blödsinn? Kannst du mir das mal verraten?) Und irgendwie kann ich mich nicht dazu überwinden, mit jemandem über diese Träume zu reden …

Achmed antwortete mir mit Freud. Und mit Links aus dem Internet, die sich mit Wolken in Träumen beschäftigten. Dort las ich über religiöse Gefühle und Erbauung. In einem Bericht hieß es, dass Wolken in Träumen zeigen, dass der Träumende – also ich – sich möglicherweise von einem anderen Menschen, oder von einem Gegenstand, überschattet fühlt.

Lange starrte ich auf den Monitor meines Laptops. Irgendwann schaffte ich es, mich loszureißen, und las weiter.

Dunkle Wolken am Traumhimmel sind Bilder für depressive oder pessimistische Gedanken. Eventuell hat der Träumende eine verborgene Depression, mit der er sich erst beschäftigen kann, nachdem sie im Traum eine fassbare Gestalt angenommen hat.

Dunkle Wolken? Nein, es war nur eine einzige Wolke. Eine schwarze. Die vom Himmel stürzte. Und sie war alles andere als fassbar. Sie kam, um mich zu töten. Sie war laut und riesig, und sie schlug mich nieder. Wieder und wieder. Warum auch immer.

Ärgerlich, mit leeren Händen und einem leeren Kopf schlug ich meinen Laptop zu.

»Ich mag Darius«, sagte Oya eines Tages. Mögen war ein dehnbarer Begriff. Darum schwieg ich.

»Was hast du jetzt?«, fuhr Oya fort. Wir kamen aus der McKinley-Wildnis, Selma und ein paar andere Mädchen waren auch dabei. Sogar Zelda war diesmal mitgekommen. Sie war im Jahrgang zwischen Oya und mir, und normalerweise blieb sie mittags in der Schule, am liebsten im Speisesaal, wo sie aß und aß und aß, alleine für sich an einem Tisch und mit verbissener Miene. Aber heute hatte Oya es geschafft, sie mit in die Wildnis zu nehmen. Wir lagen jetzt nicht mehr im Gras, sondern saßen auf den niedrigen, bröckeligen Steinmauern, die rätselhafte Quader auf den kleinen Lichtungen bildeten und hinterher, wenn wir wieder aufstanden, staubige Abdrücke auf unseren Hosen hinterließen. Mitten auf der Wiese, die wir uns heute ausgesucht hatten, stand eine große Eiche, in der ungefähr tausend Krähen herumgewirbelt waren. Mit Riesengeschrei. Ab und zu waren sie in schwarzen Schwärmen hoch in die Luft geflattert, nur um Sekunden später wieder kreischend im Baum zu versinken. Ich hatte mich mit dem Rücken zu ihnen gesetzt, weil mir bei ihrem Anblick unwohl wurde.

»Zu viel Hitchcock gesehen«, mutmaßte Zelda und lächelte mir zu.

»Ich schau mal in dieser Theater-AG vorbei«, sagte ich jetzt. »Eigentlich hätte ich Englisch, aber Mrs O'Bannion ist krank. Und am Schwarzen Brett stand, dass die Theater-AG heute ein zusätzliches Treffen hat, weil doch heute Abend dieser Poetry Slam im Auditorium stattfindet.«

Oya nickte zerstreut.

Was in Oyas Kopf so vor sich geht:
Befürchtungen im Bezug auf Rabeas Sprunghaftigkeit. Fremdsprachen. Primzahlen. Astrophysik. Oder auch die Bedeutung der unendlichen Zahl Pi mit ihren mathematischen Eigenschaften und Berechnungsmethoden. Damit hat sie es im Moment. Sie ist sogar einem Debattierclub der Freunde der Zahl Pi beigetreten.

Selma, die neben mir lief und zugehört hatte, lächelte mir zu. »Du kommst zum Poetry Slam heute Abend?«

Ich nickte. »Du auch?«

Selma nickte jetzt ebenfalls. »Ich liebe diese Veranstaltung. *The point is not the points, the point is the poetry*!«

Das klang schön. *Der springende Punkt sind nicht die Punkte, sondern die Poesie.*

»Kennst du übrigens Mr Walenta schon?«

Warum fragten das bloß alle?

Zehn Minuten später kannte ich ihn.

»Ist er nicht süß?«, flüsterte Mercedes, eine Freundin von Selma, seufzend. »Sein Vorname ist Luke. Weich gesprochen. Luuke …«

Sie lächelte sehnsüchtig, aber etwas scheu in Mr Walentas Richtung. Selma dagegen war weniger zurückhaltend.

»Komm schon. Oder willst du hier festwachsen?«,

sagte sie ungeduldig und zupfte mich am Pulliärmel. »Mr Walenta, darf ich vorstellen? Das ist Kassandra Armadillo. Sie ist neu an der Schule und überlegt, der Theater-AG beizutreten.«

Luke Walenta drehte sich zu mir um.

»Einen Moment, bitte …«

Er lächelte und – okay – da begriff ich, was sie alle hatten. Er sah wirklich gut aus. Und noch sehr jung. Seine Haare waren schwarz und zerwühlt und er hatte dieses gewisse Etwas, was manche eben haben und andere nicht. Ich fand nicht, dass er wie Brad Pitt aussah, aber er hatte ein sehr einnehmendes Lächeln und große, sehr dunkle Augen. Ein bisschen erinnerten sie mich an Sergios Augen auf Stromboli. Große, sehr offene Augen, unter denen diese Art von Schatten liegen, die sehr sexy aussehen können. Tiefgründig, ein bisschen müde oder erschöpft, aber eben auch faszinierend.

In diesem Moment ging er mit großen Schritten über die aufgebaute Bühne. Der Boden knarrte unter seinen Füßen, Mr Walenta rannte los, sprang, hielt jäh inne, sank auf die Knie, schlug mit den Fäusten auf die Holzdielen, immer wieder, dann rollte er auf den Rücken, blieb mit geschlossenen Augen liegen.

»Bewegt euch beim Sprechen, bei eurer Poesie«, sagte er, ohne sich zu rühren. »Flüstert. Schreit. Stöhnt. Flucht. Jault. Lebt sie.«

Er machte es uns vor. Er flüsterte, schrie, stöhnte, fluchte und jaulte seine Vorschläge.

»Eine Null gibt es für ein Gedicht, das nie hätte geschrieben werden dürfen«, zitierte Selma leise, »eine Zehn für ein Gedicht, das einen kollektiven Orgasmus im Publikum auslöst.«

Ich sah sie überrascht an.

»Ist nicht von mir«, fuhr Selma grinsend fort. »Sondern ein Zitat, das Mr Walenta ins letzte Poetry-Slam-Programmheft geschrieben hat. – Hat einen ziemlichen Skandal ausgelöst. Das Wort *Orgasmus* ist sozusagen ein Unwort. Mr Shoemaker, unser Schulleiter, hat einen Mordszirkus deswegen veranstaltet. Wir dachten schon, er würde Mr Walenta feuern, oder so.«

»Er ist so scharf«, flüsterte Mercedes mir zu. »Findest du nicht auch, Kassandra?«

Zu einer Antwort kam ich nicht mehr, denn Luke Walenta, der auch Oya Stunden in Bildhauerei gab, war aufgesprungen, kam zu uns herüber und reichte mir die Hand. Ich konnte hören, wie Mercedes neben mir die Luft anhielt.

»Ich freu mich, Kassandra«, sagte Mr Walenta. Mehr nicht.

Am Abend war das Auditorium voller Poetry-Fans. Die Luft roch nach Anspannung, Vorfreude, Karamell-popcorn, Schweiß, Deodorants.

Darius war nicht gekommen.

»Sorry, Kassandra. Sonst immer, aber heute Abend spielen die *Red Sox*. Ein verdammt wichtiges Spiel. Dagegen hat Mr Walentas Club der Dichter echt das Nachsehen.«

Darius war ein großer Baseballfan.

Auch Oya war nicht mitgekommen. Sie traf sich mit Brendan.

»Mit Brendan?«, hatte ich gefragt und ihr einen überraschten Blick zugeworfen.

»Er will nach der Schule Astrophysik studieren«, erklärte Oya achselzuckend, fütterte Billyboy und verließ das Haus.

Rabea war mit einem Angestellten des Finanzausschusses der anglikanischen Kirche ausgegangen.

»Was willst du denn mit einem Kirchenfuzzi?«, hatte Oya mittags misstrauisch gefragt. Aber Rabea hatte nur murmelnd erklärt, dass es immer noch um diesen Malauftrag in der psychiatrischen Abteilung des städtischen Krankenhauses ging. Sie sah elend aus, hatte dunkle Schatten unter den Augen.

»Was hat sie nur in der letzten Zeit?«, überlegte Oya.

Der Poetry Slam begann, Selma, Mercedes und ich saßen auf dem Boden vor der ersten Reihe, zusammen mit ein paar Leuten der Theater-AG.

»Da ist ja auch Mr Rosen«, flüsterte Selma mir zu. »Mit seiner Frau. Sie hat bis letztes Jahr Philosophie und Mathematik unterrichtet, aber jetzt hat sie ein Baby.«

Die Rosens hatten uns ebenfalls gesehen, und Mr Rosen winkte uns lächelnd zu.

»Was Ms Wells nur an ihm findet«, murmelte Selma.

»Beziehungsweise *Mrs Rosen*. Die beiden haben sich, lovestorymäßig, an dieser Schule kennengelernt. Und bamm, war sie schwanger. Und noch mal bamm, haben sie geheiratet. Dabei hätte sie jeden haben können mit ihrem Aussehen. Ein paarmal haben wir befürchtet, sie würde sich Mr Walenta schnappen, aber dann war es Mr Rosen.«

»Liebe!«, rief der erste Poetry-Slam-Teilnehmer in diesem Moment. Auf seiner Brust klebte ein Teilnehmerschild mit der Nummer Eins. »Verdammt: Liebe! Liebe! Liebe!«

Das Licht war ausgegangen, nur ein Scheinwerfer erhellte die Bühne.

»Das ist Josh«, informierte mich Selma. »Ich bin zweimal mit ihm ausgegangen im vergangenen Frühling. Er ist nett, aber er kann nicht küssen. Trotzdem ist er sehr überzeugt von sich.«

»Verdammte Liebe. Elende Liebe!«, rief Josh und sackte in die Knie. So ging es eine Weile weiter. Und nach Josh und seiner verdammten Liebe kam eine Tessie an die Reihe, und nach ihr eine Giulia, ein Hassan, eine Ally, eine Flavia.

»Gefällt es dir?«, fragte Selma in der Pause.

Dasselbe fragte mich Mr Rosen, dem ich am Getränkebuffett begegnete.

Ich nickte und bezahlte meine Cola Zero.

»Und, meinst du, die Theater-AG ist vielleicht doch etwas für dich?«

Bevor ich antworten konnte, kam Mrs Rosen zurück. Sie steckte gerade ihr Handy wieder in die Handytasche.

»Alles in Ordnung. Sie schläft«, sagte sie erleichtert und lächelte mir ebenfalls zu. Mr Rosen stellte uns vor.

»Kassandra ist neu in Great Emeryville«, erklärte er. »Und das ist meine Frau. Sie hat nur rasch mit unserem Babysitter telefoniert und nachgefragt, ob unsere Tochter schläft.«

»Sie ist erst sieben Monate alt«, erklärte Mrs Rosen. »Und sie bekommt gerade die ersten Zähne.«

Selma hatte recht, Mrs Rosen war sehr hübsch. Sie war klein, hatte rote, hochgesteckte Haare und Sommersprossen. Sie war auf keinen Fall das, was man sich unter einer Mathematiklehrerin im herkömmlichen Sinne vorstellte.

Nach der Pause kamen ein paar lustige Auftritte. Ein Jerome reimte zum Thema Schluckauf, ein Wladimir spickte sein Gedicht über das Leben als lebenslanger, frustrierter Single mit russischen Gesangseinlagen, eine Yuki Kikuchi verdrehte altbekannte, amerikanische Kinderverse, bis sie sich nur noch grotesk anhörten. Es gab viel Applaus.

»Jetzt kommt Milt«, flüsterte Selma, die im Programmheft geblättert hatte. »Mit ihm war ich auch schon mal aus. Pass auf: Er ist der Hammer. Die letzten beiden Male hat er gewonnen!«

Milt humpelte auf die Bühne und schaute eine Weile ernst und mit fast versteinerter Miene ins Publikum.

»Das Humpeln ist nicht gespielt. Etwas mit seinem Bein stimmt nicht. Er ist ein sehr ernster Typ«, flüsterte Selma mir zu. Ein paar Leute um uns herum machten *Pssst*. »Er hat als Kleinkind einen Autounfall überlebt, bei dem sein Vater starb, musst du wissen.«

Ich fröstelte, als ich das hörte. Warum auch immer.

»Angst. Angst und Dunkelheit«, sagte Milt plötzlich leise, fast geflüstert. Seine Stimme klang belegt. »Angst und Dunkelheit und ein Bersten. Ein Bersten in mir. Um mich. Unter mir. Bodenlosigkeit …«

Ich hielt die Luft an, weil ich plötzlich das Gefühl hatte, nicht mehr atmen zu können. Was, um Himmels willen, passierte mit mir? Was beschrieb dieser Milt da? Warum kam er nicht zum Punkt? Redete er von diesem Autounfall, den er als Kind erlebt hatte?

Ich musste auf einmal an meine Wolke denken. Nein, sie war nicht da. Aber irgendwie war sie doch da. Nicht wie nachts in meinen verrückten Träumen. Und auch nicht wie vor ein paar Wochen auf dem Schulhof dieser Schule. Es war, als *sähe* ich sie diesmal wirklich. Aus einer anderen Perspektive, meine ich. Ich schaute sie von außen an. Für einen Moment. Wenigstens kam es mir so vor.

Die Wolke wallte aufwärts und hing nun über uns, nein, was sage ich, über mir und deckte mich mit ihren lauten Schatten zu. *Hüllte uns, nein mich, ein. Dröhnte in meinen Ohren, und das Licht verließ den Himmel. Alles wurde grau. Verschwommen. Und dann schwarz.*

Es war wie ein Déjà-vu. Ich kippte zur Seite, Selma

legte erschrocken ihren Arm um mich, ich spürte Schweiß auf meinem Rücken und in meinem Gesicht. Dazu Tränen. Ich fror.

»Was hast du? Oh, Kassandra, was hast du?«, sagte Selmas Stimme. Milt, oben auf der Bühne, verstummte. Licht flammte auf, als Selma und andere, die plötzlich um mich herum waren, mich an die frische Luft brachten. Wieder war Mr Rosen da, als ich mich soweit beruhigt hatte, dass ich die Augen öffnen konnte. Ich schaute aus meinen grauen Augen in seine hellbraunen.

»Geht es wieder?«, fragte seine Stimme, und mit einem Taschentuch wischte er mir über die heiße, brennende Stirn.

Wir waren vor dem Auditorium. Kühle Luft berührte mein Gesicht. Ich nickte benommen. Ich musste, warum auch immer, für einen Moment an Darius Seaborn denken, der sich jetzt in aller Ruhe das entscheidende Red-Sox-Spiel der Saison ansah. An seine blumenblauen Augen. An seinen kleinen Bruder, der Lester hieß, Les genannt wurde, und den ich noch nie gesehen hatte.

Hinter den nun wieder geschlossenen Türen zum Auditorium brandete Applaus. Der Poetry Slam ging weiter.

»Kassandra, ist es okay, wenn wir kurz noch mal reingehen?«, erkundigte sich Selma. »Gleich ist Gretchens Auftritt …«

Gretchen war Selmas jüngere Schwester und im gleichen Jahrgang wie Oya.

Ich nickte und sah zu, wie Selma und Mercedes wieder im Auditorium verschwanden.

»Geht es wieder?«, fragte Mr Rosen. Er saß neben mir auf den kolosseumartigen Stufen des Vorraums zum Auditorium, seine Jacke auf den Knien.

Ich nickte, während sich silbernes Mondlicht an den roten Backsteinwänden um uns herum entlangtastete.

»Was ist überhaupt passiert?«, hakte Mr Rosen nach. »Wieder dein Kreislauf? Du warst schrecklich blass, als du herauskamst.«

Ich schwieg und hatte auf einmal wieder diesen Orangenduft in der Nase. Marjorie Armadillos Orangenduft.

Aus dem Leben von Marjorie und Geoffrey Armadillo:

Ich weiß nicht viel von ihnen. Okay, Marjorie roch nach Orangen und trug Bernsteinketten. Aber ansonsten? Ansonsten hatte sie außer meinem Dad keine weiteren Kinder. Wie war es ihr gegangen, als er gestorben war? Und Geoffrey Armadillo? Über ihn wusste ich gar nichts.

ICH: Rabea, wann ist er gestorben?

RABEA: Wer?

ICH: Mein Grandpa. Raymonds Vater.

RABEA: Vor deiner Geburt. Ein paar Jahre vor deiner Geburt.

ICH: Kanntest du ihn?

RABEA: Nur flüchtig. Ich hatte ihn ein paarmal gesehen.

ICH: Wie war er? Und woran ist er gestorben?

RABEA: Ach Kassandra, Liebling, das alles ist schrecklich lange her, wirklich. Er war ein Workaholic. Er war in der Solarenergiebranche ein recht hohes Tier. Sogar … Raymond kannte ihn ja kaum. Er hatte, wenn ich mich richtig erinnere, Probleme mit dem Herz. Schon lange.

Ich beugte mich vor und griff nach meinem Rucksack, den Selma mit nach draußen gebracht hatte.

»Nein. Mein Kreislauf ist in Ordnung, glaube ich«, sagte ich leise. »Es ist mehr …«

Ich hielt inne.

»Angst?«, fragte Mr Rosen rätselhafterweise. Ich schluckte und musste wieder an Milt denken, an seinen Poetry-Auftritt, an seine Worte, die mich so aus der Bahn geworfen hatten. Wieder mal.

»Nein. Ja …«, begann ich, aber in diesem Moment öffnete sich die Tür zum Auditorium, und Mrs Rosen kam zu uns heraus.

»Alles in Ordnung?«, fragte sie besorgt.

»Ja, alles in Ordnung«, antwortete ich schnell und stand auf.

»Sollen wir dich nach Hause fahren?«, schlug Mr Rosen vor. Der Poetry Slam würde noch eine Weile dauern, aber die beiden mussten trotzdem aufbrechen, weil das Baby wach war und der Babysitter eine SMS geschickt hatte, dass es sich nicht beruhigen ließ.

»Ich weiß nicht«, sagte ich unschlüssig, aber dann

ging ich doch mit. Selma und Mercedes würden bestimmt noch die anschließende Slampoetry-Party mitmachen wollen, und dazu fühlte ich mich außerstande.

»Wie läuft es denn da drin?«, fragte Mr Rosen seine Frau, während wir den Anbau, in dem das Auditorium untergebracht war, verließen.

Mrs Rosen schob sich eine rote Haarsträhne aus der Stirn. »Dieser Große, Dünne ist punktemäßig ganz vorne«, sagte sie. »Ich komme gerade nicht auf seinen Namen. Dieser Ernste, Blasse. Er hinkt beim Laufen. Hatte er nicht mal einen schweren Unfall?«

»Ah, Milt Bennett«, sagte Mr Rosen. »Das freut mich. Er ist wirklich gut. Er hat auch beim letzten Mal gewonnen.«

Milt Bennett. Ausgerechnet er. Was hatte er eigentlich genau gesagt, was mich so aus der Bahn geworfen hatte? Ich konnte mich beim besten Willen nicht erinnern.

Mr Rosen wusste noch vom letzten Mal, wo ich wohnte.

»Es tut mir leid, dass ich dauernd Umstände mache«, sagte ich verlegen beim Einsteigen.

Beide Rosens lächelten mir zu. Sie stiegen vorne ein und ich hinten. Mrs Rosen telefonierte während der Fahrt mit dem Babysitter. Im Hintergrund konnte ich das Baby weinen hören.

»Wir wohnen gar nicht so weit auseinander«, beruhigte mich Mr Rosen und bog vom Highway ab.

»Unser Haus ist in der Hurlbut Street. Das ist ganz in der Nähe des John-Ashley-Hauses. Weißt du, wo das ist?«

Ich war mir nicht sicher, aber ich nickte trotzdem, und Mr Rosen lächelte mir durch den Spiegel hindurch zu.

Es war schon spät, und es dauerte nicht lange, da bogen wir in die Sunland Road ein.

»Danke noch mal«, sagte ich und stieg aus.

Zu Hause traf ich Rabea. Und ein paar Minuten später setzte Brendan Oya ab.

Ich ging rasch in mein Zimmer und sah nach meinen Mails. Achmed hatte mir geschrieben.

… bin schon wieder eine Weile in Ankara. Die Beerdigung war traurig, mein Großvater und eigentlich auch alle anderen haben sehr geweint. Es war ein riesiges Familientreffen. Fast zweihundert Verwandte. Sorry, dass ich mich ein paar Tage nicht gemeldet habe. – Wie geht es dir, Weltenbummlerin? Was ist mit deiner Wolke? Geht es dir besser?«

Darius hatte ebenfalls geschrieben.

»Hey! Die Red Sox haben gewonnen! Ein Superspiel! Wenn du noch wach bist, ruf an!«

Ich rief ihn nicht an. Stattdessen suchte ich im Internet nach der Rufnummer von Ian und Amanda Fish, meinen Großeltern.

Neun Worte:

1: Erinnerst 2: du 3: dich 4: an 5: mich 6: Amanda? 7: Ich 8: bin 9: Kassandra.

Eine Feststellung: Sie wohnten nicht mehr in Weston

in Connecticut. Dort ist Rabea aufgewachsen. Sie wohnten jetzt, wie es aussah und wenn man der Onlineauskunft vertrauen durfte, in Fairview, einem kleinen Ort in Maine.

Internetauskunft:

Mr Ian Albert Fish; 427 New Hampshire Road; Fairview; Maine.

Es gab noch ein paar andere Ian Fishs, aber nur bei der Adresse in Maine stand als Zusatz: A. Fish.

«Kassandra? Kassandra, bist *du* das?»

«Ja.»

»Um Himmels willen. Ist etwas passiert? Mit deiner Mommy? Oder mit Oya?«

»Nein.«

»Gott sei Dank.«

Amanda Fish. Ehemals Lehrerin für Vorschulkinder in Weston, Connecticut. Ehemals Rabeas Mutter. Ehemals meine und Oyas Großmutter. Verschollen in Rabeas Bermudadreieck. In Rabeas Nirvana. Warum auch immer.

Ich schluckte, und mein Hals war wie zugeschnürt.

»Kassandra, ich freue mich so. Wirklich. Himmel, dein Anruf kommt unerwartet.«

Ich schwieg immer noch.

»Wie geht es euch? Seid ihr endlich zurück? Ich sehe im Telefondisplay, dass du aus den Staaten anrufst. – Wo habt ihr gelebt in den letzten Jahren?«

Ich dachte an die zurückliegenden Jahre, an Edgar, Sergio, Jérôme, an Milwaukee, Stromboli, Paris, an unser ganzes, verrücktes Leben hier und dort und überall, und auf einmal musste ich weinen.

»Liebling, Kassandra!«, sagte Amanda Fish erschrocken. »Ist wirklich alles in Ordnung mit dir?«

Nein, nichts war in Ordnung. Da war eine Leere in mir, die ich vergessen und wiedergefunden hatte. Und irgendwie, warum auch immer, hatte sie mit Darius Seaborn zu tun. Und auch mit Amanda Fish, Rabeas Mom, meiner Großmutter.

Wie sah sie aus? Wie alt war sie? Lebte mein Grandpa noch? Warum rührten sie sich nie?

»Kann ich mal kommen? Ich würde euch … gerne wiedersehen.« Ich hatte sehr leise gesprochen, und einen Moment war ich sicher, dass sie mich nicht verstanden hatte.

Amanda Fish weinte plötzlich auch, und während sie weinte, sagte sie, dass ich jederzeit willkommen sei. Sie hatte mich verstanden.

»Weiß deine Mom, dass du … uns angerufen hast?«, fragte sie zum Schluss.

»Nein«, sagte ich wahrheitsgemäß. *Sie sind engstirnig, borniert, aggressiv,* hatte Rabea gesagt.

»Ich verstehe«, sagte Amanda und seufzte.

Sie verstand? Ich verstand nichts.

Aber die Wahrheit schlich sich an mich heran.

»Geht es dir wieder gut?«, fragte Selma besorgt am anderen Tag in der Schule. »Stell dir vor, Milt Bennett hat den Poetry Slam gewonnen. Ich treffe mich am kommenden Samstag mit ihm. Wir versuchen es noch mal und gehen aus.«

»Wenn du Kummer hast, kannst du dich jederzeit an mich wenden. Ich bin nicht umsonst Vertrauenslehrer. In Ordnung?«, fragte Mr Rosen und sah mich prüfend an. Seine braunen Augen warfen mir einen warmen Blick zu, wenigstens kam es mir so vor.

»Warum bist du so mies drauf?«, fragte Oya und runzelte misstrauisch die Stirn, während sie Billyboys Bauch nach Neuverschlucktem abtastete, weil er sich schon wieder übergeben hatte.

»Wollen wir am Samstagabend was zusammen machen?«, fragte Darius vergnügt und bat gleichzeitig Brendan, der drei Schritte vor uns ging, per SMS um eine Chesterfieldzigarette.

»Was machst du denn hier?«, fragte Rabea überrascht, als ich sie mittwochnachmittags im Städtischen Krankenhaus besuchte, nachdem ich vorher meinen Führerschein bestanden hatte. Ich zeigte ihr die provisorische Driver's licence.

»Hey! Prima!«, sagte Rabea und lächelte mir zu. Aber ich ließ mich nicht täuschen. Sie sah mitgenommen und weit weg aus. Müde, blass, der Mund – bis auf dieses kurze, gezwungene Lächeln – der vertraute, dünne Strich.

Ich sah mich um. Der Gang, in dem wir standen, war hell. Grünpflanzen, bunte Stühle, bunte Türen, ein Oberlicht. Warum machte es Rabea nur so zu schaffen, hier zu arbeiten? Was war falsch hier? Ich ließ meinen Blick über ihre Farben wandern, die in bekannter Art und Weise herumstanden. Es sah unsortiert aus, aber es war sortiert. Ob schranzige Krokodile, Hamster, Schnellportraits in einer vollgestopften Einkaufs-Mall zur Rush Hour – Rabeas Equipment war immer dasselbe. Ihre Pinsel, ihre Farben, ihre Wasserbecher, ihre Fläschchen mit Farbverdünner.

Eine junge Frau, die vorbeiging, oder eher schlich, streichelte die Grünpflanzen. Ein sehr dicker, schon älterer Mann summte laut und durchdringend, während er an uns vorüberschlenderte. Ab und zu schluchzte er trocken auf.

Rabeas Miene verspannte sich zusehends.

Eine Krankenschwester tauchte auf und führte den dicken Mann weg. Er schluchzte jetzt lauter und wütender.

»Meinst du, im Knast wird es besser als hier?«, fragte ich.

Rabea nickte.

»Warum?«

»Einmal werde ich dort *mit* den Leuten arbeiten – und nicht nur die Wände für sie bemalen«, antwortete Rabea leise. »Und zum anderen sind mir Einbrecher, Drogendealer und Schläger lieber als …«

Sie schwieg, als suche sie nach Worten.

»… als das hier«, sagte sie nach einer Weile aber nur und machte eine vage Geste, die diesen Gang oder die

Menschen hier oder alles zusammen meinte. Sie sah gespenstig niedergeschlagen aus.

Zweimal Kunst:

Oyas Bildhauereikurs würde unter Mr Walentas Anleitung einen meditativen Skulpturenweg schaffen, mitten in der McKinley-Wildnis, die jetzt november-kalt war. Einen Spiralweg aus Steinskulpturen. Der Kurs arbeitete dick eingemummelt in der Nähe des Steinbruchs auf einer Lichtung.

»Was wirst du machen?«, fragte ich Oya.

»Glück«, antwortete meine kleingroße Schwester kryptisch, mehr nicht. Sie lächelte mir zu, und ihr Blick verdüsterte sich erst, als ein paar Minuten später Rabea zur Tür hereinkam und sich mit zitternden Händen, wir sahen es beide, einen starken Espresso machte. Psychiatriewändestress.

Und ich? Ich sollte für Kunstgeschichte, die ebenfalls meine Ansprechlehrerin Mrs O'Bannion gab, das Bild *Der Schrei* von Edvard Munch interpretieren und anschließend ein Referat darüber halten. *Menschen und Emotionen* hieß unser Thema.

»Ich mag es nicht«, sagte ich niedergeschlagen zu Darius und starrte auf den Druck, den Mrs O'Bannion mir in die Hand gedrückt hatte. »Es … ist schrecklich. Und es erinnert mich immer an …«

»Woran?«, fragte Darius, weil ich nicht weitersprach.

Ich zuckte mit den Achseln. »Keine Ahnung, woran. Es ist einfach ein schreckliches Bild. Mehr nicht.«

Im Gegensatz zu mir hatte Darius es gut. Er hatte *Der Mönch am Meer* von Caspar David Friedrich abbekommen. Eins meiner absoluten Favorits.

Auf dem Gang zur Cafeteria begegnete mir Mr Rosen.

»Kassandra!«, rief er und machte mir ein Zeichen, einen Augenblick zu warten, da er noch im Gespräch mit Mr Walenta war. Ich blieb stehen. Alle Mädchen, die vorübergingen, warfen Mr Walenta Blicke zu. Er tat so, als sähe er sie nicht, aber natürlich sah er sie. Das war nicht zu übersehen.

»Danke, dass du gewartet hast«, sagte Mr Rosen schließlich, als Mr Walenta endlich weiterging. »Ich wollte dich nämlich um etwas bitten.«

Ich sah ihn fragend an.

»Aber du darfst auch Nein sagen. Versprich mir, dass du ganz ehrlich bist. Ich will dich nicht überrumpeln.«

»Worum geht es denn?«

Ich hatte es eilig, es hatte bereits geklingelt, und Mrs Feuer, meine Mathematiklehrerin, war Zuspätkommern gegenüber recht unduldsam.

»Es ist nämlich so, meine Frau und ich sind heute Abend auf einer kleinen Feier eingeladen, aber unsere Babysitterin hat die Grippe – und da wollten wir dich spontan fragen, ob du dir vielleicht vorstellen könntest, ein paar Stunden auf Lucilla aufzupassen. Sie wird bestimmt schlafen, zurzeit schläft sie ziemlich gut. Also, was meinst du? Du würdest uns wirklich einen Riesengefallen tun.«

»Okay«, sagte ich, und Mr Rosen lächelte mir dankbar zu. Eilig diktierte er mir seine Handynummer, für alle Fälle, und wir vereinbarten, dass er mich am frühen Abend zu Hause abholen und später auch wieder nach Hause bringen würde.

Der Abend bei Rosens:

1. Das Baby: rothaarig wie Mrs Rosen und wirklich niedlich. Als ich zusammen mit Mr Rosen ins Haus kam, brachte Mrs Rosen es gerade ins Bettchen, aber sie zeigte mir noch alles Wichtige im Kinderzimmer, und für einen Moment gab sie mir die Kleine zum Halten. »Lucilla, das ist Kassandra. Sie ist so lieb und passt heute Abend auf dich auf, während Mummy und Daddy ausgehen.«

2. Das Haus: klein, nicht sehr ordentlich, aber trotzdem schön eingerichtet. Man sieht auf den ersten Blick, dass es das hat, was unserem Haus in der Sunland Road fehlt: beständige Menschen, keine Weltenbummler. Knapp formuliert: Die Rosens haben viele, schöne, liebevoll arrangierte Besitztümer. Ein Klavier, gerahmte Fotografien. Alte, getrocknete Blumen. Schöne Bücherregale.

3. Weinblätter: Ehe sie gingen, aßen wir noch eine Kleinigkeit zusammen. Vegetarische, gefüllte Weinblätter, die Mrs Rosen zubereitet hatte. Wir saßen zu dritt am Esstisch, zwischen uns in der Mitte die Schale mit den Weinblättern und das Babyphon, und Mrs Rosen erklärte mir die Basics für den Fall, dass Klein-Lucilla wider Erwarten doch aufwachen würde.

Dann gingen sie und alles ging gut. Und um kurz vor Mitternacht kamen sie zurück, und Mr Rosen fuhr mich nach Hause.

»Du warst unsere Rettung heute Abend, Kassandra – danke«, sagte er, als er vor unserem Haus anhielt. Dazu reichte er mir einen Fünfzigdollarschein.

»Das ist doch viel zu viel. Ich habe doch eigentlich gar nichts gemacht«, sagte ich abwehrend. Aber er bestand darauf.

… übrigens, mein armer, alter Großvater dreht völlig am Rad, schrieb mir Achmed eines Nachts. *Am Rad rückwärts, sozusagen. Seit meine Großmutter tot ist, dreht er total durch und lebt irgendwie in die falsche Richtung. Zuerst ist er im Bett geblieben, tagelang. Und dann fing er an, wieder arbeiten gehen zu wollen. Dabei ist er doch seit Jahren in Rente. Immerzu mussten wir ihn aus der Garage holen, wo er mit dem Auto meines Vaters weg wollte. In die Stadt, in diese Druckerei, in der er früher gearbeitet hat und die seit Jahren zu ist. Dann fing er an, sich aufzuregen, wo alle seine Kinder sind. Also, meine Mutter und ihre Brüder. Er glaubte uns kein Wort, als wir ihm ungefähr eine Million Mal erklärten, dass die alle längst erwachsen sind und überall wohnen. In Izmir, Istanbul, Ankara (meine Mutter) und Deutschland (meine beiden jüngeren Onkel). Hey, Kassandra, bevor ich mal alt, senil und durchgeknallt werde, will ich würdevoll abtreten, echt!*

Achmed unterbrach sein Schreiben an dieser Stelle, warum auch immer, aber am nächsten Tag schrieb er weiter.

… Bullshit, inzwischen heiratet er gerade wieder. Er hat sich letzte Nacht plötzlich total schnieke angezogen (keiner wusste, dass er seinen alten Hochzeitsanzug glatte fünfzig Jahre aufgehoben hat! Krass, echt!). Okay, das Ding roch penetrant nach Mottenkugeln, glänzte speckig und war ihm viel zu eng – er hat der Einfachheit halber eine Menge Knöpfe offengelassen, aber jetzt sucht er überall nach meiner Großmutter und schreit das ganze Haus zusammen, weil er sie nicht findet (wie auch? Sie ist seit Wochen unter der Erde, Allah Akbar!)

Meine Mutter hat gerade unseren Hausarzt angerufen. Wenn das so weitergeht, wird mein Großvater morgen vermutlich zurück zum Militär wollen, dann zur Schule und in sein verschnarchtes Heimatdorf am Bosporus, wo er als Kind gespielt hat. Und zu guter Letzt wird er vermutlich wieder herumkrabbeln und nach Babybrei verlangen …

Ich starrte den Bildschirm meines Laptops an.

Rückwärts.

Ein Wort: Rückwärts.

Ein Gefühl: Ein Kribbeln in meinem Inneren. Irgendwo tief in mir.

Noch ein Gefühl: Kälte.

Und noch eines: Leere.

In dieser Nacht ging ich ebenfalls rückwärts. Aber nicht geordnet rückwärts wie Achmeds Großvater, sondern konfus rückwärts. Meine Einschulung in eine Grundschule in Milwaukee. Edgar, Rabea und Oya winken mir von ihren Plätzen aus zu, als ich vorne auf der geschmückten Bühne bei den anderen aufgeregten Erstklässlern stehe. Gute Mrs Cardasis. Sie brachte mir Lesen und Schreiben bei. In Afumati in Rumänien spielten Oya und ich in einem kleinen, heruntergekommenen Gartenstück, das zur einen Hälfte schmuddelige, abschüssige Rasenfläche und zur anderen Hälfte eine schmuddelige, improvisierte Autowerkstatt war. Rabea schrie mich ein paarmal an, weil ich spielte, ohne auf die Autos zu achten, die ständig kamen und gingen, ebenfalls ohne besonders auf uns zu achten. In Afumati hatte Rabea ausnahmsweise keinen Freund, jedenfalls bekamen wir Kinder nichts mit, wenn es doch einen gegeben hätte. Stattdessen gab es in diesem schmuddeligen Wahnsinnskaff ein heruntergekommenes Kinderheim, in dem Rabea durch irgendwelche weitläufigen Kontakte beim Wiederaufbau half, indem sie – was auch sonst? – die Barackenwände kindgerecht und kunterbunt bemalte. Wir wohnten während dieser Zeit bei dieser alten, müden Frau, die es sich zur Aufgabe gemacht hatte, das Leben der Kinder ohne Eltern in Rumänien zu verbessern, und die auf dem Grundstück neben besagter Autowerkstatt hauste.

Das Rückwärtskarussell in meinem Kopf drehte sich weiter. Ich, ganz klein, auf einer Wiese. Sommer!!! Ich sitze auf einer Treppe, die voller kleiner, feiner Risse ist. Jemand sitzt neben mir. Oya? Unsere Knie berühren sich, und unsere Finger malen Bilder aus den Rissen. Phantasiebilder. Wir haben Spaß. An dem Haus, auf dessen Gartentreppenstufen wir sitzen, wuchert wilder Wein, oder Efeu? Nein, ich glaube doch eher Wein. Alles ist voll davon. Die oberen Fenster sind nichts als viereckige Vertiefungen im dunkelgrünen Dickicht. Zwei hohe Linden sind auch von hier aus zu sehen. Und Wind fährt durch den Wein. Und die Bäume.

»Guck, Kassandra, die Bäume nicken«, sagt Oya und zeigt mit dem Finger auf die beiden Bäume.

Dann ist da meine Grandma. Marjorie. Sie riecht nach Orangen, eine lange Bernsteinkette an ihrem Hals klimpert, sie hält uns an der Hand.

»Ihr zwei«, sagt sie. »Ihr zwei Süßen.«

Sie umarmt uns, und ich schnuppere an ihrem Hals.

Auf Stromboli Sergio, der meiner Mutter den Rücken streichelt, als sie starr am Meer sitzt und in die Ferne schaut, als suche sie etwas. Was? Sich? Ihr Leben? Sie sieht traurig und gereizt zur gleichen Zeit aus.

Mein eigener Rücken, der kribbelt. Was fehlt mir? Oder wer?

Jérôme in Paris, der »Bleibt doch« auf Französisch zu Rabea sagt, wieder und wieder, aber meine Mutter schüttelt den Kopf, und in Gedanken packt sie schon wieder.

»Ihr müsst schon wieder weiter?«, fragte auch Madame Runné bekümmert. Sie war meine letzte Klassenlehrerin in Paris. Madame Baffour war im Jahr davor gewesen. Madame Baffour, der wir ein großes Abschiedsfest gegeben hatten, als sie sich vom Schuldienst beurlauben ließ, weil sie eines Tages Zwillinge erwartete. In einer Stunde zeigte sie uns mit leuchtenden Augen ein merkwürdiges, kleines Bild.

»Das ist eine Ultraschallaufnahme«, hatte sie erklärt. Und dann hatte sie auf die beiden kleinen, weißen Klümpchen darauf gezeigt. »Das sind sie«, sagte sie mit glücklicher Stimme. »Doppeltes Glück.«

»Ii, die sehen ja aus wie kleine Würmer. Oder wie Nasenpopel«, flüsterte meine französische Sitznachbarin von damals, ich habe ihren Namen vergessen, mir zu. Dazu verzog sie das Gesicht. »Dass wir alle mal so angefangen haben! Irgendwie ein ekliger Gedanke …«

Eklig? Nein, das fand ich nicht. Mich hatte dieses kleine Bild berührt, und ich lächelte Madame Baffour zu.

Achmeds Großvater wurde wieder Kind in seinem Dorf am Bosporus und ich ging in dieser Nacht Hand in Hand mit meinem Vater Raymond Armadillo durch die sonnigen Straßen einer amerikanischen Kleinstadt.

»Maus«, sagte mein Vater und lächelte mir zu. Meine Hand schwang in seiner, was sich schön anfühlte.

Ich lächelte zu ihm hoch. In dieser Erinnerung an diesen Nachmittag ist er riesig und dünn und hat weiche Locken, die Schatten auf den Asphalt werfen. Er ist wie ein Baum neben mir. Er schützt mich. Aber wer war dieser Junge, der hinter uns herlief? Wir drehten uns ein paarmal zu ihm um. Mein Dad redete mit ihm. Oder redete er nur mit mir über ihn? War es ein Junge aus der Nachbarschaft? Damals wohnten wir in … Ja, wo eigentlich? Nicht mehr in Springfield, wo ich geboren worden war. Ich erinnerte mich plötzlich auch an Rabeas Eltern, Ian und Amanda. Sie waren manchmal da. Sie besuchten uns. Einmal brachten sie mir etwas Wunderbares mit: ein Cinderellakleid aus einem echten Disney-Store. Es war genau dasselbe Kleid, das Cinderella im Zeichentrickfilm trägt. Blau, mit weißem Spitzenunterrock. Und sogar mit dem dazu passenden blauen Samthaarband. Wie habe ich dieses Kleid nur je vergessen können? Und wo ist es heute? Zur Hölle mit Rabea und dem Verschlampen unserer Besitztümer!

Und was bekam Oya an diesem Tag? Ein Peter-Pan-Kostüm mit grünem Spitzhut und roter Feder? Dazu den kleinen, obligatorischen Peter-Pan-Dolch? Ich sehe es vor mir: die gezackten Ärmel, die enge, dunkelgrüne Hose, die spitzen Peter-Pan-Schuhe aus weichem Leder.

Plötzlich schauderte ich.

Und zum Schluss kam wieder die Wolke, schwarz, laut, böse. Sie drängte alle anderen Erinnerungen fort und besetzte den Rest der Nacht. Ich starrte in die Dunkelheit, bis ein düsterer Schlaf mich rettete.

Dunkle Schatten und Begreifen. Greifbar nah.

Am anderen Morgen fühlte ich mich zerschlagen. Am liebsten hätte ich es gemacht wie Achmeds trauriger Großvater: Am liebsten wäre ich im Bett geblieben.

Aber ich stand auf.

ICH: Erinnerst du dich noch an dein Peter-Pan-
     Kostüm?

OYA: An was?

ICH: An dieses grüne Kostüm, Original Peter Pan,
     aus diesem Disney-Store. Rabeas Mutter hat es dir
     geschenkt. Weißt du nicht mehr?

Oya schüttelte den Kopf und kochte Tee. Außerdem
schob sie Mohnbagels und Brownies zum Auftauen in
den Ofen.

ICH: Das weißt du nicht mehr? Dieser kleine Dolch?
     Warum erinnerst du dich eigentlich nie an etwas?
     Ich denke, du bist so hyperintelligent!

OYA: Was hast du denn auf einmal dauernd mit
     Rabeas Eltern?

Ich schwieg. Rabeas Eltern. Sie waren unsere Großeltern, verdammt nochmal.

Später war ich mit meiner Mutter alleine. Ich hatte
erst zur dritten Stunde Schule. Mrs O'Bannion war auf
einer Fortbildung. Ich sah, wie meine Mom eine pflanz-
liche Beruhigungstablette schluckte. Okay, pflanzlich,
aber trotzdem. Außerdem spülte sie sie mit einem
Schluck Wein herunter, der noch vom Abend in ihrem
Glas übrig war. Sie sah, dass ich sie ansah, und runzelte die Stirn.

»Ich bin durch mit diesen Klinikwänden, Kassandra«,
sagte sie. »Heute ist mein allerletzter Tag ... da.«

Sie fuhr sich über die Stirn, ein paarmal, als wolle sie

etwas, was auch immer, fortwischen. Sorgen, Gedanken, Kummer, Beklemmung, vielleicht.

»Jetzt wird es wieder besser mit mir. Du wirst sehen. Nächste Woche fängt der Job mit meinen Gefangenen an.«

Wie das klang: meinen Gefangenen. Typisch Rabea. Durch und durch schräg und undurchsichtig.

Wir frühstückten und hingen dabei weitestgehend unseren Gedanken nach. Billyboy lag schlafend zwischen uns auf dem Tisch. Wir verscheuchten ihn beide nicht, was Seltenheitswert hatte.

Ein paar meiner Gedanken:

Das Rückwärtskarussell der vergangen Nacht. – Der düstere Junge, der hinter Raymond und mir hergegangen war, denn das war er gewesen: düster. – Mein halbfertiges Kunstreferat über *Der Schrei*. – Oyas Vergesslichkeit. – Peter Pan und Cinderella. – Die Wolke, die mich verfolgte …

ICH: Ach, ich besuche übrigens Grandma und Grandpa.

RABEA: Wen?

ICH: Oh Mann, Rabea: deine Eltern. Amanda und Ian, wenn es dir so lieber ist. Ich habe sie angerufen. Sie leben jetzt in Maine.

Stille.

Stille.

Stille.

ICH: Rabea?

RABEA: Warum denn das, um Himmels willen?
ICH: Keine Ahnung. Ich will es einfach.

In der Schule herrschte Vorweihnachtsstimmung. Die Woodrow-Wilson-Highschool plante mit allen Finessen die diesjährige Jahresabschlussfeier, die am letzten Schultag vor den Weihnachtsferien stattfinden würde. Ich sah Oya, die vor dem Flur, der zu den Naturwissenschaften führte, Brendan küsste, ich sah Mercedes und Selma und ein paar andere Mädchen, die Girlanden und Länderfahnen aller an diese Highschool gehenden Schüler aufhängten, ich registrierte Milt – wie war doch gleich sein Nachname? –, der den Herbst-Poetry Slam gewonnen hatte und gerade hinkend in den Flur einbog, der zum Auditorium und den Räumen der Theater-AG führte. Und da war Darius, der auf mich zugestürzt kam wie ein Habicht.

»Hey, Kassandra, da bist du ja!«, rief er schon von weitem. »Hast du es schon wahrgenommen: Brendan, den Spinner, und deine Schwester?«

Den letzten Satz hatte er leiser gesagt, denn in der Zwischenzeit hatte er mich erreicht.

Ich nickte. »Wieso Spinner? Ich denke, er ist dein Freund?«, fragte ich irritiert und winkte dabei Mr Rosen zu, weil er zuerst gewinkt hatte. Er war auf dem Weg ins Lehrerzimmer, wie es schien.

»Los, um das zu klären, müssen wir in die Wildnis«, fuhr Darius eilig fort und zog mich bereits mit sich. Es war Mittagspause, und Darius erklärte mir eindringlich, er habe mir da etwas näher zu erklären und dafür gebe es keinen idealeren Ort als den zukünftigen Darius-und-Kassandra-Geheimtreffpunkt der besonderen Art.

Ich verstand kein Wort, aber weil ich die Wildnis mochte, ließ ich mich mitziehen. Unterwegs sah ich unsere Nachbarin Zelda, die alleine im Gang vor den Matheräumen stand und nichts tat, als alleine zu sein und Deprimiertheit auszustrahlen. Bestimmt war sie bedrückt, weil Oya in der letzten Zeit so oft mit Brendan zusammensteckte.

Wir verließen das Schulgrundstück und begaben uns auf den ausgetretenen Schlängelweg, der direkt in die McKinley-Wildnis hineinführte. Schon schlug uns harzige, kalte Winterluft entgegen. Hier draußen war es windiger als auf dem Schulgelände. Ich fror, und sofort schlüpfte Darius ritterlich aus seiner Jacke und reichte sie mir.

»Aber dann frierst du doch«, wandte ich ein, schließlich hatte ich ja selbst eine Jacke an, aber Darius winkte nur ab. »Mit Kälte und Wärme ist es wie mit Honig und Bienen«, sagte er grinsend. »Alles eine Frage der Einstellung und der Hormone, verstehst du?«

»Honig und Bienen und Hormone?«, wiederholte ich verwundert.

Darius nickte weise. »Ja, Mädchen essen Honig und Männer kauen Bienen. Das hat mein Großvater früher immer gesagt. Und er wusste, wovon er sprach, er war Hobby-Imker.«

»Iii«, machte ich zu diesem Vergleich und verzog das Gesicht.

»Was hast du?«, fragte Darius verwirrt.

»Nichts, wieso? Ich fand nur gruselig, was du gesagt hast«, erklärte ich und schlüpfte nun doch in Darius' Jacke, die nach ihm und seinem Aftershave roch. Gut also. Als kleines Kind hatte ich mal Bienen mit Raymond und Oya beobachtet, daran konnte ich mich verschwommen erinnern. Das emsige Hin-und Herfliegen der Bienen, ihr enges Einflugloch ins Bienennest, das Gedrängel dort.

»Nein, du bist ganz blass geworden, als ich das mit den Bienen gesagt habe«, beharrte Darius.

»Blödsinn«, sagte ich.

»Okay, Blödsinn«, wiederholte Darius fröhlich, und dann zeigte er mir den schönsten Platz der gesamten McKinley-Wildnis.

Der schönste Platz der McKinley-Wildnis:

Um hinzugelangen, steuerten wir zuerst den alten McKinley-Steinbruch an und überquerten dann die Lichtung, auf der die steinernen Skulpturen von Oyas Bildhauereikurs allmählich Gestalt annahmen. Welche von den steinernen Gebilden wohl Oyas zukünftige Glücksskulptur war?

»Komm, weiter«, drängte Darius, als ich stehen blieb. »Oder willst du hier festwachsen?«

In einiger Entfernung stiegen krächzend einige der Wildnis-Krähen zum Himmel auf und sahen in der

Ferne wie dunkles Laub aus, das vom Herbstwind erfasst und in die Höhe geschleudert wird. Schön, aber auch unheimlich.

»Kassandra!«, rief Darius ungeduldig.

Wir kletterten einen steinigen Abhang hinauf, Seite an Seite, und ich kam außer Atem. Darius, der viel Sport trieb, kein bisschen.

»Sag ich doch: Mädchen essen Honig, Männer kauen Bienen«, wiederholte Darius selbstgefällig und grinste wieder.

Schließlich standen wir vor einem halbhohen Fels, der bedeckt war von einer riesigen graugrünen Farnstaude, die trotz der Jahreszeit noch nicht verblüht war und wie ein grüner Vorhang von oben herabhing.

»Winterfarn. Winterfarn in Massen«, erklärte Darius. »Und jetzt pass mal auf.«

Behutsam schob er den Farnwedel zur Seite und deutete auf das, was dahinter war. Es war eine Höhle, hintereinander gingen wir durch die herabhängenden Farnwedel hindurch, in der dämmriges Licht herrschte. Der Boden war mit warmem, trockenem Moos bedeckt. An der Seite der niedrigen Höhle lief ein schmaler Felsvorsprung entlang, ideal zum Verstauen von Kleinigkeiten.

Darius' Kleinigkeiten: Ein paar Bücher und Zeitschriften, ein MP3-Player mit einem Paar billigen Taschenlautsprechern, eine angebrannte Garfield-Kerze, ein

Feuerzeug, Chipstüten, eine angebrochene Packung Doughnuts, eine Schachtel Kellog's Honey Loops, ein Basketballkorb im Spielzeugformat mit kleinen Plastikbällen, außerdem noch dies und das.

»Okay, da wären wir«, sagte Darius, ließ sich auf dem grünen Boden nieder und deutete mit einer einladenden Geste neben sich.

Ich setzte mich ebenfalls und sah mich dabei immer noch staunend um.

»Und, gefällt's dir?«, fragte Darius.

Ich nickte.

»Im Sommer binde ich manchmal die Farnwedel etwas zusammen, dann kommt Licht herein«, erklärte Darius. »Aber jetzt im Winter würde es zu kalt werden.«

Spaßeshalber warf er ein paar von den kleinen Plastikbällen gezielt in den Plastikbasketballkorb. Blecherner Applaus ertönte. Darius grinste mir, ganz Sportsmann, zu.

»Wer kennt die Höhle noch?«, erkundigte ich mich, überrascht, dass in den vergangenen Monaten, seit ich auf die Woodrow-Wilson ging, noch nie jemand von diesem Ort gesprochen hatte.

Darius zuckte mit den Achseln. »Niemand, derzeit. Nur ich. Und jetzt du und ich. Es ist meine Höhle. Nur meine. Ich brauche sie zum Alleinsein und Nachdenken und jetzt, in diesem Fall, um in Ruhe mit dir zusammen zu sein. Ich habe sie mal per Zufall entdeckt. Vor ein paar Jahren.«

»Tatsächlich? Niemand außer dir kennt sie?«, sagte ich erstaunt und schaute mich um. Darius nickte und sah mich aus nächster Nähe abschätzend an.

»Hexenaugen, ich sage es ja. Und das grüne Licht hier drin verstärkt den Eindruck noch. Grünsilbrig, geheimnisvoll. Schöne Augen, wirklich.«

Grau, sie waren nur grau. Dachte ich, sagte ich nicht. Gleich würde eins zum anderen führen aus Darius' Sicht, das sah ich irgendwie voraus. Warum immer er sich mich ausgesucht hatte, er mochte mich. Und anders als ich ihn mochte.

»Du… du wolltest mir etwas über Brendan sagen, Darius.«

»Ach ja, Brendan. Es ist wegen deiner Schwester. Brendan ist … naja, vielleicht nicht ganz aufrichtig. Ich meine, er ist im Grunde ein guter Kerl, aber …«

»Aber was?«

»Nun ja, er hat da so eine Wette, ein Abkommen mit sich selbst laufen …«

»Was für ein Abkommen?«

»Sex! Es geht um Sex. Brendan will in diesem Schuljahr mit so vielen Mädchen wie möglich Sex haben. Er hat da mal im Internet gesurft und so einen grotesken Bericht entdeckt von einem schwedischen Sexualforscher, der irgendwas total Bescheuertes über den Zusammenhang von viel Sex mit wechselnden Partnerinnen und Erfolg im Berufsleben geschrieben hat. – Und Brendan will es eben ausprobieren, um seine Chancen bei der Collegeauswahl zu maximieren.«

»Er will – was?«

»Kassandra, verstehst du nicht? Er will bis zum Sommer mit massenweise Mädchen ins Bett, um möglichst gut bei seinem SAT abzuschneiden.«

Darius lehnte sich zurück und zog eine Grimasse.

So war das also. Was sollte ich dazu sagen? Natürlich war Oya meine kleine Schwester, aber ihr in die Sache mit Brendan reinreden? Ich hatte auch den Angeber und Aufschneider Clément in Paris nicht sonderlich gemocht, aber das hatte Oya nicht gestört. (Angeblich hatte C. einen Intelligenzquotienten von 180 ...?!)

»Oh, okay«, sagte ich darum nur. »Danke, dass du's mir gesagt hast.«

Zögernd stand ich auf.

»He, bist du jetzt etwa sauer auf *mich*?«, erkundigte sich Darius besorgt. Nein, natürlich war ich das nicht. Was konnte Darius für Brendans Abgründe? Nichts. Und Oya würde die Sache bestimmt nicht sonderlich aus der Bahn werfen, da war ich mir sicher. Da gab es ganz andere Dinge, die Oya zusetzten. (Rabea-Stromboli – Immer wieder umziehen und von vorne anfangen müssen etc...)

»Wir ... wir könnten doch noch ein bisschen bleiben, oder?« Darius griff nach meinen Händen. »Wenn ich ehrlich bin, war die Sache mit Brendan nicht der Grund, dass ich dich hierhergebracht habe, Kassandra.«

»Aber die Mittagspause ist fast vorbei«, sagte ich und zog meine Hände zurück. »Wir haben gleich Unterricht. Und ich muss eine blöde Algebraklausur bei Mrs Feuer schreiben.«

»Zur Hölle mit Mrs Feuer«, murmelte Darius Seaborn und legte seine Hände um mein Gesicht.

Ich schaute in Darius' blumenblaue Augen. Einen Moment nur, denn dann küsste er mich.

Darius: hübsch, seine dunkelblonden Haare, etwas zerzaust immer, sein schlaksiger Gang, seine großen Hände mit den schmalen Fingern, dann die vereinzelten Sommersprossen in seinem Gesicht, wie goldene Sterne, und diese hellblauen Augen …

Er erinnerte mich an jemanden, an etwas.

Ich schob ihn erschrocken von mir und rang nach einer Erklärung, die ich dann doch nicht hatte.

»Was hast du?«, fragte Darius. Gekränkt? Wütend? Enttäuscht? Von allem etwas, wahrscheinlich.

»Ich weiß nicht«, stotterte ich und starrte ihn an. Was war das nur mit Darius und mir?

Wir gingen dann zurück und schwiegen. Brombeergestrüpp, wilde Büsche, ein Kiefernwäldchen. Der Boden war hier rostrot und bestand nur aus herabgefallenen Nadeln. Unsere Schritte wurden auf ihm lautlos und geisterhaft. Ich atmete tief und versuchte mich zu beruhigen.

Halt.

Myron.

Myron?

Wer war dieser Myron? Und warum hatte ich diesen Namen auf einmal im Kopf? Ich kannte keinen

Myron, da war ich mir sicher. Aber trotzdem: Myron. Irgendetwas war da.

»Erzähl keinem von der Höhle, okay?«, sagte Darius, als wir wieder an der Schule waren.

»Natürlich nicht«, sagte ich.

»Versprichst du es?«, hakte Darius nach.

Ich versprach es.

Letzter Schultag, Jahresabschlussfest, Weihnachten, Weihnachtsferien.

Rabea blühte, für ihre Verhältnisse, auf.

»Wir arbeiten hart«, sagte sie und meinte ihre Straf-gefangenen. »Am Anfang waren sie schrecklich blo-ckiert und haben sich geweigert, auch nur einen Pinsel in die Hand zu nehmen, aber jetzt läuft es prima. Ich habe sie, sozusagen, geknackt. Samson Craig, ein Tot-schläger, malt wundervolle Kohlezeichnungen. Sehr wild, aber tiefgründig. Dauernd brechen ihm die Stifte ab, aber ich sorge für Nachschub. Und Joe Estefan brüllt beim Malen wie ein gereizter Stier, dabei malt er kleine, feine, gestrichelte Zeichnungen, die gar nicht zu einem Zweimeterkerl wie ihm passen. Er hat früher massenweise Tankstellen und Kioske überfallen.«

Oya, Zelda und ich warfen uns vielsagende Blicke zu.

Achmed schrieb mir von den Kanarischen Inseln, wo er Surfferien im Sonnenschein machte, wie es schien. Darius war mit seiner Familie zum Skifahren in Denver, Colorado.

Zelda war dauernd bei Oya, die sich nicht mehr so

oft mit Brendan traf. Die beiden redeten schwedisch miteinander, nachdem sich herausgestellt hatte, dass Zelda schwedische Großeltern hatte.

Immer wieder Großeltern, überall.

»Sieht man schon was?«, fragte Zelda ab und zu ungeduldig und meinte damit ihre Figur. Sie versuchte verbissen, sich an Oyas Diätratschläge zu halten, aber bisher war noch nicht viel dabei herausgekommen. Unsere Blicke schienen dies zu bestätigen, denn Zelda seufzte deprimiert.

Ich ging noch drei Mal Babysitten zu Rosens, dann verreisten auch sie.

»Danke für deine Hilfe, Kassandra«, sagte Mr Rosen, als er mich beim letzten Mal nach Hause fuhr. »Du warst großartig. Virginia sagt das auch.« Virginia war Mrs Rosen. Sie hatte mich vor ein paar Tagen gebeten, sie doch beim Vornamen anzureden, und die beiden hatten mir den gesammelten Shakespeare zu Weihnachten geschenkt, weil sie große Theaterfans waren und ich gestanden hatte, noch nie etwas von William Shakespeare gelesen zu haben. »Lucilla hat dich so ins Herz geschlossen. Ich weiß gar nicht, wie das werden soll, wenn wir in Maine sind und sie dich so lange nicht zu Gesicht bekommt.«

Wir lächelten uns zu.

»Keine Angst zurzeit?«, fragte Mr Rosen da plötzlich. Wir standen schon vor unserem kleinen, unscheinbaren Haus am Ende der Sunland Road, und der Motor von Mr Rosens Auto lief immer noch.

Ich hob den Kopf. Ach ja, Angst … Am Poetry-Slam-Abend im vergangenen Oktober. Mr Rosen hatte es mir auf den Kopf zugesagt, dass ich Angst hätte.

Ich schluckte. Was sollte ich sagen? Dass ich dauernd diese eigenartigen Beklemmungen hatte? Dass ich mich selbst nicht verstand? Dass diese Angst mich immer wieder ohne Vorwarnung wie aus dem Nichts überfiel? Dass ich dieses Nichts schrecklich fürchtete? Dass da eine Leere in mir war, die ich manchmal fühlte und manchmal nicht fühlte? Dass diese Leere irgendwie mit Darius Seaborn verknüpft war? Dass ich befürchtete, verrückt zu sein? In welcher Art und Weise auch immer.

»Es … geht«, sagte ich schließlich. »Ich glaube, es ist nichts … Ernstes. Vielleicht liegt es einfach an der Art Leben, das ich bisher geführt habe. Die vielen Umzüge. So viele verschiedene Länder … Verstehen Sie? Irgendwie bin ich einfach ein bisschen erschöpft, glaube ich.«

Mr Rosen nickte und drückte für einen Moment meine Hand. Meine war kalt und seine warm.

Ich mochte ihn. Er war nett und einfühlsam und nahm sich Zeit für seine Schüler. Ganz klar war er ein guter Vertrauenslehrer. Man konnte ihm vertrauen, und darauf kam es ja wohl an. Und ich mochte seine warmen, braunen, guten Augen. Und sein Lächeln.

Sozusagen stahl ich ein Auto. Das Auto von Zeldas Mom. Einen alten Chevrolet, mit dem ich schon ein paarmal gefahren war, seit ich meine *Connecticut-Driver's-licence* hatte.

»Nimm ihn ruhig, bei uns steht er sowieso nur in der Garage herum«, hatte Zeldas Mutter eines Tages zu mir gesagt. Die Wards hatten, obwohl sie alles andere als reich schienen, sage und schreibe vier Fahrzeuge, zwei gehörten Zeldas Vater, eins ihrem älteren Bruder und der alte Chevrolet eben ihrer Mom. Aber sie fuhr ihn so gut wie nie.

»Sie mag die Autos von meinem Dad lieber. Japanische Wagen. Sie findet sie schicker. Meine Mom steht auf alles, was schick ist«, erklärte Zelda, und darum fuhren Oya, sie und ich ab und zu mit dem alten, abgehalfterten Chevy durch die Gegend.

Und dann nahm ich ihn mit. Es waren, laut Oyas Smartphone-Navigations-App, zweihundertsechsunddreißig Meilen bis Fairview in Maine. Vier Stunden Fahrtzeit. Das würde ich schaffen.

»Kommst du mit? Ich besuche Ian und Amanda, Rabeas *Eltern*!«, fragte ich meine Schwester und betonte das Wort Eltern, um nicht wieder *Wen?* zur Antwort zu bekommen, wenn ich von unseren *Großeltern* sprach.

»Ich fasse mal zusammen«, sagte Oya skeptisch und warf mir einen langen Blick zu. »Du willst, erstens, Mrs Wards Auto klauen, um damit dann, zweitens, zu Rabeas Eltern zu fahren, die, drittens, total weit weg wohnen, und viertens, mit uns total zerstritten sind?«

»Mit *mir* sind sie nicht zerstritten«, sagte ich gereizt.

»Aber es muss da mal eine Riesensache gewesen sein«, erklärte Oya, und jetzt klang ihre Stimme nachdenklich. »Ich weiß noch, *sie* hat mal mit Sergio darüber gesprochen.«

Oya runzelte die Stirn wie fast immer, wenn sie an Stromboli und Sergio Milazzo und unser Leben dort zurückdachte.

»Was hat sie gesagt?«, fragte ich.

»Dass sie sie hasst. Dass sie ihr Vorwürfe machen. Dass sie kein bisschen Verständnis für sie hätten. Dass sie ihr letztendlich die Schuld an was auch immer geben. Und dass sie sich schämen würden, so eine kalte, egozentrische Tochter zu haben. – So was in der Art, eben.«

Oya seufzte, und wir schauten uns ratlos an. Manchmal war das Leben einfach nur Bullshit.

Ich fuhr einfach los. Es waren schließlich immer noch Ferien, wenn auch nur noch eine Woche, und andere verreisten ja auch. Fairview, das hatte ich inzwischen ergoogelt, war eine schmale Halbinsel, die ein Stück in den Atlantik ragte. Also: erst Connecticut, dann Massachusetts und schließlich noch ein Zipfel New Hampshire. Danach ging es nur noch die Küste entlang, bis nach Maine.

Ich startete aufgeregt, beruhigte mich auf der Interstate allmählich, weil alles gut lief, wurde dafür müde und hungrig, bekam Nackenschmerzen, fuhr durch einen In-N-Out-Burger am Freeway und kaufte mir dort einen Cheeseburger und eine Cola mit so einem Bibelspruch auf der Unterseite des Bechers, wie es sie eben bei In-N-Out-Burger immer gab, bekam zu allem Überfluss auch noch Kopfschmerzen, summte später zu *Cats in the cradle*, weil sie es im Radio spielten, und musste weinen dabei. Ich versuchte, mich an meinen Vater zu erinnern, an irgendetwas Spezielles, aber es gelang mir nicht. Die Luft war kalt und der Himmel schmuddelig, und um mich herum war ein bisschen Schnee und viel Weihnachten. Hohe, unspektakulär schneebestäubte Bäume drängten sich am Straßenrand, und immer wenn sich ein Haus mit gepflegtem Garten dazwischenschob, blinkten Lichterketten auf oder gleich ganze Lichterarrangements: Rentiere, Kometen, Engel, Santa Claus, das volle Programm. Ab und zu kam zwischen Bäumen, Häusern und Weihnachten das Meer zum Vorschein.

Das Meer: ein Hingucker. Man kann gar nicht anders, sogar bei Müdigkeit, Kopfschmerzen, Hunger, nagenden Zweifeln und Gefühlen wie diesen: Das Meer muss man sich ansehen, wieder und wieder, wann immer Häuser und Bäume den Blick darauf freigeben. Verrückt, aber wahr. Das Meer ist wie ein Sehnsuchtsmagnet, keine Ahnung warum.

Endlich sah ich ein Schild, auf dem *Nach Fairview 8 Meilen* stand. Die Straße führte jetzt bergab und schlängelte sich.

Was tat ich hier? Mein Handy hatte ich vorsorglich ausgeschaltet. Ich wollte nicht von Rabea oder Mrs Ward angerufen werden. Der einen würde längst aufgefallen sein, dass ich fehlte, der anderen, dass ihr Auto fehlte.

Oya hatte gleichzeitig mit Jonna, Brendan und ein paar Mitgliedern des Freunde-der-Zahl-Pi-Debattierclubs gechattet, als ich aufgebrochen war. Ich erkannte sage und schreibe fünf geöffnete Chatfenster auf dem Bildschirm ihres Laptops, als ich bei ihr hereinschaute, ehe ich aufbrach. Wir nickten uns zu, und Oya sagte: »Ruf mich an, wenn es etwas zu erzählen gibt. Und fahr vorsichtig. Und bist du wirklich sicher, dass du diesen Trip machen willst?«

Ich nickte und zog die Tür wieder zu.

Und jetzt war ich fast da. Zum Glück. Die Tanknadel zeigte schon wieder Benzinmangel an. Dieses Auto verschlang geradezu geisterhafte Mengen Sprit. Ich drosselte mein Tempo, fuhr an einem altmodischen Krämerladen vorbei, der irgendwie beruhigend und anheimelnd aussah und neben dessen Eingangstür ein Schild lehnte, auf dem in schnörkeligen Lettern *Willkommen in Fairview* stand, und erreichte endlich die New Hampshire Road. Sie schien um das Ende der Halbinsel herumzuführen.

Und was, wenn Rabeas Eltern überhaupt nicht da waren? Wenn sie verreist waren? Mein Herz klopfte plötzlich zum Zerspringen, während ich mit zitternden Fingern weiterfuhr. Ich warf einen Blick auf den Kilometerzähler. Wahnsinn: Ich war tatsächlich fast fünfhundert Meilen gefahren! Ich alleine! Der Chevy tuckerte jetzt ergeben durch einen Kiefernwald. Ich fuhr langsam, weil es inzwischen ganz und gar dunkel war und ich Angst hatte, eventuell in ein Tier hineinzufahren, das die Straße überqueren würde.

Da, Nummer 427! Es stand an einem hölzernen Briefkasten am Straßenrand. Das letzte Haus der Straße, wie es schien, und die Auffahrt? Sie war so knapp bemessen, dass ich Mrs Wards Wagen kaum einparken konnte. Praktisch gleich dahinter stand das Haus.

Ich schluckte hastig, verschluckte mich, musste husten und würgte dabei den Motor ab. Das fing ja gut an. Um ein Haar wäre ich gegen das Auto meiner Großeltern gestoßen, das sich ebenfalls hier, schräg geparkt, gegen den Straßenrand quetschte.

Wie es weiterging:

Ein winziges Haus. Drumherum hohe, winterkahle Birken. Verharschter Winterwaldboden. Rote, geschlossene Fensterläden. Eine kleine, verglaste Veranda. – Und: Licht!

Ich klopfte, und auf einmal war mir schwindelig und fast übel vor Erschöpfung. Ich ging auf wackeligen, weichen Beinen und schwankte, gerade als die Tür aufging. Und dann: Kassandra Armadillo, fast achtzehn, taumelt zur Tür herein und fängt an zu heulen wie ein Kleinkind.

AMANDA: Kassandra! Gott sei Dank bist du gut
    angekommen!

Sie hatten es gewusst. Sie hatten gewusst, dass ich

unterwegs zu ihnen war. Oya hatte Rabea erklären müssen, warum ich den ganzen Tag über verschwunden war. Und nachdem sie es zuerst mit einer Lüge (»Ich glaube, sie ist bei Darius oder so. Vielleicht auch bei Selma …«) versucht hatte, war sie gegen Abend eingeknickt und hatte Rabea erzählt, wohin ich wirklich unterwegs war. Und Rabea hatte dann ebenfalls via Internet die neue Adresse ihrer Eltern herausgefunden und dort angerufen, nachdem sie es vorher immer wieder vergeblich auf meinem Handy probiert hatte.

AMANDA: Wir haben uns solche Sorgen um dich gemacht! So eine lange Strecke! Und du hast doch noch kaum Fahrpraxis! Wahnsinn ist das, Kassandra, Wahnsinn! Und dann auch noch einfach ein Auto nehmen, das dir nicht gehört! Du bist völlig unversichert gefahren!

IAN: Nun schrei doch nicht so und lass sie erst einmal richtig reinkommen.

(Ian sieht aus wie Rabea in alt. Verblüffend, so eine Ähnlichkeit! Sogar ein Duplikat ihres Strichmundes findet sich in seinem strengen Gesicht.)

AMANDA: Hast du Hunger? Bist du sehr erschöpft? Du siehst ja völlig geschafft aus, Liebes.

Sie versorgten mich mit viel heißem Tee, frisch arrangierten, leckeren Truthahnsandwiches, einem Tomatensalat und hinterher mit Schokomuffins.

AMANDA: Besser jetzt?

Ich nickte und lehnte mich zurück.

ICH: Ihr habt tatsächlich mit Rabea gesprochen?

Amanda seufzte, und Ians Linienmund wurde noch eine Spur dünner.

AMANDA: Ach, Kind …

IAN: Gesprochen? Dazu könnte man jetzt eine
    Menge sagen. Man kann es aber auch lassen.
    Ich denke, wir lassen es lieber, über deine Mom zu
    sprechen. Das führt doch nur zu Streit und Ärger.

AMANDA: Ian, lass doch gut sein.

Sie sahen sich mit beredetem Schweigen an, und dann wechselte Amanda das Thema. Während sie mich dies und das fragte, über mich, Oya, Schule, Zukunftspläne und so weiter, machte sie mir mein Bett für die Nacht in der verglasten Veranda.

AMANDA: Wir haben nicht sehr viel Platz,
    wie du siehst. Ich hoffe, es ist dir nicht zu eng.
    Wir quartieren alle unsere Gäste hier ein.
    Und eigentlich schlafen alle sehr gut.

Sie lächelte mir zu, und in diesem Moment erinnerte sie mich an Oya. Meine Schwester konnte nicht nur unserem Vater ähnlich sehen, Amanda Fish mendelte in ihr ebenfalls deutlich sichtbar durch.

ICH (zurücklächelnd): Das Haus ist wirklich schön.

(Siehe: meine Gedanken zu *Besitztümern*, in diesem Fall eine wunderschöne, anheimelnde Küche aus weiß gebeiztem Holz, ein leichter Duft nach Zedernholz und Leinöl in der Luft, helle Parkettböden, etwas spartanisch alles, aber mit viel Liebe eingerichtet, das war nicht zu übersehen. *Der Wanderer über dem Nebelmeer* von Caspar David Friedrich an einer Wand. Außerdem eine Menge abstrakte Picasso-Bilder.)

AMANDA: Soll ich vielleicht noch mal für die Nacht lüften, was meinst du?

Meine Großmutter öffnete, ohne meine Antwort abzuwarten, eines der vielen kleinen Verandafensterchen, und sofort füllte sich der Raum mit einem wilden Geruch nach Salz, Meer, Seetang.

Einen Moment hatte ich die wahnsinnige Vision, wieder auf Stromboli zu sein. So hatte es dort auch gerochen. Das Meer musste ganz nah sein.

AMANDA: Du musst übrigens nur zur Tür hinaustreten und dann am Giebel des Hauses eine kleine Treppe hinuntersteigen, schon bist du am Wasser. Morgen früh zeige ich dir alles. Im Sommer ist es natürlich noch schöner. Wenn Ebbe ist, haben wir einen richtigen Strand, nur für uns alleine.

Wieder lächelte sie mir zu, ein bisschen traurig, wie es schien.

AMANDA: Hier hättet ihr schön die Sommer eurer Kinderzeit verbringen können. Aber es sollte wohl nicht so sein. Das Schicksal, oder eher Rabea – eure Mom –, wollte es eben anders … Und so ist es eben anders gekommen.

Ihre Stimme klang auf einmal eine Spur bitter.

Schicksal: Fortuna, Nornen, Tyche, Moiren, Parzen, Namtaru. Schicksalsgottheiten. Das Schicksal: eine höhere Macht, Inbegriff unpersönlicher Mächte. Oder:

in der christlichen Theologie wird anstelle der Vorstellung des Schicksals das Konzept der göttlichen Vorsehung bevorzugt.

Aha. Okay.

Aber nach und nach lichtete sich der Nebel.

Am anderen Morgen standen wir Seite an Seite am Meer und schauten in die Ferne. Die Luft schmeckte salzig, kalt, frühmorgenfrisch.

»Da ist etwas, Amanda, aber ich weiß nicht was. Irgendetwas an meinem Leben … stimmt nicht. Ich weiß, das klingt verrückt, aber ich bin mir sicher. Inzwischen. Ich habe lange darüber nachgedacht.«

Meine Großeltern schienen diesen wunderbaren Ort tatsächlich ganz für sich alleine zu haben. Links und rechts von ihnen erstreckten sich nur krumme, windzerzauste Kiefern und ansonsten Felsen. Muscheln lagen zu unseren Füßen im Sand und dazu dicke Klumpen Seetang.

»Hast du … mal mit deiner Mutter darüber gesprochen?«, fragte Amanda leise.

Ich schüttelte den Kopf.

Möwen flogen über unseren Köpfen, und schiefergraue Wolkenfetzen trieben eilig hinterher.

»Kassandra, versteh doch, ich weiß nicht, ob ich mich einmischen soll«, sagte Amanda nach einer halben Ewigkeit und hob für einen Moment beide Hände, eine Geste der Hilflosigkeit. »Deine Mutter möchte es

nicht. Das hat sie mir gestern Abend am Telefon erst
wieder – gesagt …«

»In was einmischen?«, fragte ich verwirrt.

Darauf gab meine Großmutter mir keine Antwort,
sie schaute nur weiter über das unruhige, wilde Wasser, das so grau war wie der Himmel darüber. Immer
neue, immer grauere Wolken zogen auf. Die Möwen
über uns schrien, wie Möwen eben schreien. Immer
hungrig oder immer unzufrieden oder immer glücklich. Wer weiß das schon? Oya und ich hatten in unserer Strombolizeit oft darüber nachgegrübelt, uns aber
nie entscheiden können.

Wann, wenn nicht jetzt? Ich gab mir einen Ruck –
und zum ersten Mal erzählte ich jemandem von meiner
persönlichen Wolke. Ich erzählte so schnell wie möglich
und schmückte die Sache nicht unnötig aus. Meine
Stimme klang dünn und atemlos, das hörte ich selbst.

»Du lieber Himmel«, murmelte Amanda hinterher,
und dann schwankte sie leicht und ich stützte sie hastig, und dann setzten wir uns stattdessen auf diese
niedrige Mauer aus Felsbrocken am Ende des Rasens,
der zum Haus meiner Großeltern gehörte. Die Mauer
an sich sah harmlos und solide aus, und ich stellte
meine Füße auf einen der grauen Steine.

»Vorsicht«, sagte Amanda besorgt, legte leicht eine
Hand auf meinen Arm und deutete mit der anderen
Hand auf die geschichteten Steine. Ich beugte mich
verwundert nach vorne und spähte hinüber. Und tatsächlich, hinter den Steinen, auf denen wir saßen, ging

es bestimmt zwei Meter in die Tiefe, und unten wirbelte das Meer und zeigte sich von seiner grauesten, rauesten Seite: Spitze Felsbrocken ragten drohend aus dem aufschäumenden, wellengetriebenen Wasser. Da sollte man besser nicht hinunterfallen – außer man hegte den Wunsch, sein Leben schnell hinter sich zu bringen.

»Diese Wolke …«, griff Amanda plötzlich den Faden wieder auf.

»Ja?«

Meine Großmutter suchte nach Worten.

»Kannst du dich eigentlich noch an ganz früher erinnern?«, fragte sie dann unvermittelt. »Ich meine, an die Zeit, ehe Rabea … ehe ihr angefangen habt, so viel … herumzuziehen.«

»Du meinst – an Raymond und so?«, fragte ich zurück und klaubte ein Stück Treibholz, das sich zwischen zwei dicken Steinbrocken verkantet hatte, hervor. Ich mochte Treibholz. Wenn man es entzündete, brannte es nicht rot wie ein normales Stück Holz, sondern blaugrün, weil es so voll Salz gesogen war. Schön sah das aus. Schön und geheimnisvoll. Sergio hatte uns dieses Wunder am Strand auf Stromboli gezeigt, an Oyas zehntem Geburtstag.

Meine Großmutter nickte.

»Kaum«, sagte ich leise. Ich dachte an Raymonds große Hand um meine, wie wir dahingingen und unsere Hände schwingen ließen. Und an den Schatten seiner Locken auf dem sonnigen Asphalt. Und an irgendwelche Gänge eines unbekannten Drugstores, durch die wir einmal gegangen waren. Und an die Ameisen und Käfer und Bienen, die wir an einem sonnigen Nachmittag zusammen beobachtet hatten. – Und an ... Myron ...

»Myron«, murmelte ich verwirrt. Da war er wieder, dieser Name.

»Du erinnerst dich an Myron?«, wiederholte Amanda und straffte sich. Wenigstens kam es mir so vor.

»Ja«, sagte ich. »Und nein. Nicht wirklich. – Wer ist er?«

Meine Großmutter seufzte tief. »Nun mische ich mich doch ein«, sagte sie besorgt und fröstelte. »Der Wind, der aus Nordosten bläst, ist im Winter immer schrecklich kalt. – Findest du nicht auch? Frierst du, Kassandra? Wollen wir nicht lieber zurückgehen?«

»Amanda, bitte«, sagte ich leise. »Wer ist dieser Myron?«

»Dein Großvater wird wütend auf mich sein ...«

Amanda verknotete nervös ihre Finger und schaute mit zusammengekniffenen Augen und gerunzelter Stirn über das Meer in die Ferne.

»Marjorie und Myron«, sagte ich plötzlich, denn da war etwas. Eine Erinnerung, ein Schatten ... Marjorie Armadillo hatte mit Myron zu tun, da war ich mir auf einmal sicher. Er war ein Junge, ein mürrischer Junge, der an ihrer Hand ging. Mit düsterer Miene ... Ja, der Junge, der auch hinter meinem Vater und mir hergelaufen war an diesem sonnigen Tag, als Raymond sich immer wieder zu ihm umgedreht hatte.

»Amanda, nun sag schon! Was soll denn diese Geheimniskrämerei? Das ist doch – lächerlich!«, rief ich und war auf einmal gereizt.

»Du erinnerst dich also wirklich gar nicht mehr an das, was damals … passiert ist?«

Ich schüttelte den Kopf, obwohl ich mir plötzlich nicht mehr sicher war. Da war etwas … Aber was?

»Und deine Mom hat nie etwas gesagt? Zu dir und Oya?«

»*Was* gesagt? Worüber?«

»Über Myron … Über Len …«

Len

Len

Len

Len

Len

Len

Ich fing an zu zittern.

Len …

»Kassandra, Liebling«, sagte Amanda erschrocken, weil mein Zittern nicht nur ein Zittern, sondern eher wie ein Erdbeben, wie ein Hurrikan war. Ich schwankte hin und her, und meine Hände zuckten und bebten und ich konnte nichts, nichts, nichts dagegen tun.

»Len …«, flüsterte ich irgendwann, als Amanda mich schon fest in den Arm genommen hatte.

Natürlich: Len.

Wie hatte ich ihn vergessen können? Wie war das möglich?

Len: blumenblaue, weit auseinanderstehende Augen, Sommersprossen wie goldene Sterne, helle, zerzauste Haare, immerzu aufgeschlagene Knie und dünne, helle, warme Finger. Seine Hand in meiner. Er und ich. Ich und er.

Darius Seaborns Gesicht hatte mich an Lens Gesicht erinnert.

Und der Name von Darius' jüngerem Bruder: Les. Er hatte mich ebenfalls an Len erinnert.

An Len, meinen Bruder.

Meinen Bruder.

»Er – war mein Zwillingsbruder, nicht?«, flüsterte ich benommen. Ich spürte, dass meine Großmutter, Rabeas Mutter, nickte.

Rabea! *Meine* Mutter – Lens Mutter!

WARUM sprach sie niemals von ihm? Warum nicht? Was war passiert? Was?

»Was ist passiert, Amanda?«

Amanda atmete tief ein und aus, mein in ihren Schoß gepresstes Gesicht bewegte sich im gleichen Rhythmus.

»Lass uns ins Haus gehen«, bat sie schließlich erneut.

»Nein, bitte nicht«, sagte ich leise. Dabei riss der Wind inzwischen an unseren Haaren und Anziehsachen.

Aber ich sah auf einmal etwas.

Was ich sah: Len und ich, Hand in Hand mit unserem Vater. (Ich hielt den Atem an bei diesem Bild. Unvorstellbar: Nicht ich allein. Nein: *Len* und ich. Len und Kassandra Armadillo.) Und dann Marjorie, weiß gekleidet, mit einem türkisen Tuch um den Hals und auch einer Art türkisem Turban auf dem Kopf. Dazu ihre lange Bernsteinkette, die klimpernd um ihren Hals hing. Der Geruch nach Orangen um sie herum.

»Raymond!«, rief sie. »Raymond! – Sieh doch mal nach Myron, bitte! Er bockt schon wieder. Aber es ist auch alles nicht ganz leicht für ihn …«

»Myron ist Raymonds Kind aus erster Ehe«, erklärte Amanda in diesem Moment leise. »Dein Halbbruder, also. Er … ist sechs Jahre älter als du.«

Myron? Mein Halbbruder? Wo war er? Warum sahen wir ihn nie? Warum sprach nie jemand von ihm? Wie war das möglich?

»Oh, Kassandra«, fuhr Amanda unglücklich fort. »Das alles ist Rabeas Angelegenheit, nicht meine. Sie hätte längst mit euch sprechen müssen. Aber sie konnte wohl nicht. Sie ist vor der Sache davongelaufen, all die Jahre, während ihr – anscheinend vergessen habt.«

Davongelaufen. Vergessen.

Mrs Ruhelos.

Unsere Umzüge, wieder und wieder.

Ich musste für einen Moment an Achmed denken: *Hallo, Weltenbummlerin.*

Das war ich, weggelaufen vor meinem Zwillingsbruder, den es nicht mehr gab in meinem Leben, warum auch immer.

»Er ist … gestorben, nicht wahr?«, fragte ich und hatte mich längst wieder aufgerichtet. Ich war nur ich. Ich alleine. Ich war kein kleines Kind, das sich im Schoß seiner Großmutter verkriechen konnte. Diese Großmutter hatte ich nie gehabt. Zumindest nicht, solange ich zurückdenken konnte.

Amanda warf mir einen langen, gequälten Blick zu, aber sie nickte.

Und da wusste ich es wieder.

Die Wolke. Es gab sie. Es gab sie wirklich. Sie war vom Himmel gestürzt, auf mich, auf mich – und Len. Sie war schrecklich laut gewesen, und sie hatte uns eingehüllt. Aber irgendwie war ich ihr entkommen, anders als Len. Seine blumenblauen Augen geschlossen, seine zerzausten Haare wie ein Heiligenschein um ihn herum. Er war nicht entkommen. Ihn hatte die Wolke getötet.

»Was war es?«, fragte ich, und meine Zähne schlugen aufeinander. Ich war so steif und angespannt, dass meine Muskeln vibrierten und wehtaten.

»Wespen«, formten Amandas Lippen fast tonlos. Aber es reichte aus.

Ich höre: Rauschen in meinen Ohren

Ich fühle: Angst und Benommenheit

Am liebsten will ich mir die Ohren zuhalten, weglaufen, nicht weiterdenken. Ja, nicht weiterdenken …

Wir hatten uns Bienen angesehen, eine Menge rechteckige Holzkästen, auf Pflöcken stehend, nebeneinan-

der. Summen erfüllte die Luft. Summen und Flügelgeschwirr.

Raymond hielt uns an der Hand und legte den Finger
auf die Lippen.

»Habt keine Angst, sie tun euch nichts.«

Es muss ein anderer Tag gewesen sein, als er uns ein
merkwürdiges, graues Gebilde zeigte, das an einem
niedrigen Ast zu hängen schien. Es war halbrund, sah
fast aus wie ein selbstgebastelter, etwas windschief
geratener Lampion. Spätsommer? Ein sehr warmer
Nachmittag? Aber schon die ersten, bunten Blätter an
den Bäumen?

»Das sind Wespen«, erklärte unser Vater. Wieder
Flügelgeschwirr. Wieder Summen in der warmen Luft.
»Ihr Nest haben sie sich selbst gebaut. Nicht schlecht,
oder? Jetzt, wenn der Herbst vor der Tür steht, werden
sie unruhig und reizbar.«

Er deutete auf das graue, lampionartige Nest. »Bald
ist ihre Zeit vorbei. Im Winter sterben sie.«

Plötzlich Unruhe.

Myron.

Es ist Myron, der zu uns stößt.

»Sie sollen weggehen, sie sollen weggehen!«, schreit
er. Wütend? Ja, sehr wütend.

Und wer soll weggehen? Wir? Len und ich?

Und dann ist da plötzlich dieser lange Ast, mit dem
er nach Raymond schlägt. Oder nach uns? Ja, nach
uns.

»Myron!«, ruft mein Vater, und seine Stimme klingt nun auch wütend. Plötzlich ist die Luft voller Lärm. Es wird dunkel, laut, heiß und kalt zur gleichen Zeit. Myrons Ast ist direkt ins Wespennest gekracht. Er hat ihn dort hineingeschleudert. Das sehe ich noch. Dann höre ich nur noch diesen Wahnsinnslärm und eine schwarze, tornadoartige Wolke fällt auf uns nieder.

»Kassandra! Len!«, schreit eine Stimme.

Raymonds Stimme.

Mehr weiß ich nicht.

Mehr brauche ich auch nicht zu wissen.

Denn jetzt weiß ich alles wieder.

Denke ich jedenfalls.

Amanda und Ian gaben sich große Mühe mit mir. Amanda telefonierte im Nebenzimmer lange mit Rabea, das bekam ich mit. Ian, in der hellen Küche, briet Artischockenherzen. Dazu schnitt er Baguettebrot und rührte eigenhändig Kräuterbutter an. Aus der Wohnküche am Ende des Wohnraums roch es nach Knoblauch und Basilikum und anderen Gewürzen.

Draußen schneite es. Der Himmel über dem Meer war bleigrau und aufgewühlt, voller schneller, wütender Wolken.

Ich saß nur da und versuchte, nicht zu denken, während sich meine Gedanken überschlugen. Aber immer, wenn ich versuchte, einen Gedanken festzuhalten, glitt er davon in einem Strudel aus Entsetzen. Len.

Len. Len. Diese Wolke aus Wespen. Der wahnsinnige Krach, den sie machten, während sie überall waren.

Ian kam zu mir herüber und deckte den ovalen Esstisch. Hellblaue, gemusterte Keramikteller, silberne Gabeln und Messer, dazu eine Kerze und schöne Gläser. Ich sah alles messerscharf und gleichzeitig verschwommen. Dabei weinte ich nicht.

Myron. Der andere Sohn meines gestorbenen Vaters. Wo war er heute? Erinnerte *er* sich noch an das, was er getan hatte?

IAN: Und? Wie hat sie es aufgenommen, dass du es
    Kassandra gesagt hast?

Amanda war in der Zwischenzeit zurück ins Wohnzimmer gekommen. Ich hatte sie gar nicht kommen hören.

Ja, *warum* hatte Rabea nie mit Oya und mir über Len gesprochen? Wie hatte sie zulassen können, dass wir ihn *vergessen* hatten? Wo hatten sie ihn begraben?

AMANDA: Sie hat geweint.

Amanda weinte jetzt ebenfalls.

Ich rührte mich nicht, konnte mich nicht rühren.

IAN: Jetzt essen wir erst einmal etwas. Und dann
    sehen wir weiter.

Er räusperte sich.

Der kleine Vorgarten dieses kleinen Hauses lag still vor dem Fenster, durch das ich weiter starrte wie erstarrt, er war mittlerweile vergraben unter einer frischen Decke unberührten Schnees.

IAN: Nun kommt schon. Wird ja alles kalt.

Hungrige Vögel flatterten um ein Vogelhäuschen unter einem Vorgartenbaum herum, in dem, wie es schien, kein Futter zu finden war.

IAN: Zehn Grad unter dem Gefrierpunkt.

AMANDA: Kassandra, dein Großvater hat recht.
Lass uns etwas essen. Rabea ruft nachher noch einmal an.

Wie hatte ich Len vergessen können?

Und wie war es weitergegangen? Meine letzte Erinnerung war Raymonds Schrei, nein, danach war ich hingefallen. Und dann war da noch Len, irgendwann später, der mit geschlossenen Augen im Gras lag. Wo war dieser Myron in diesem Moment? Und Rabea? Und Oya, die erst zwei gewesen war? Was war daraufhin passiert? Kurz danach musste mein Vater krank geworden und gestorben sein. Und dann war Rabea mit uns fortgegangen, soviel stand fest. Milwaukee, Philadelphia, später Afumati, Prag, Stromboli, Paris.

Rabea auf der Flucht, weil erst ihr kleiner Sohn und dann ihr Mann gestorben waren. Zum ersten Mal verstand ich es, verstand ich sie. Ein bisschen wenigstens. Nein, ich verstand sie nicht, kein bisschen. Warum hatte sie Len aus unser aller Leben gestrichen? Wie hatte sie das tun können? Dazu hatte sie kein Recht gehabt.

Aus den Augenwinkeln sah ich meinen Großvater Getränke einschenken, Amanda ging um den Tisch herum, trat an meine Seite, streichelte für einen Augenblick meinen erstarrten, schmerzenden Rücken.

»Nun komm, Kassandra«, sagte sie leise. Ich hörte Ian mit Besteck klappern und hatte das Gefühl, nie wieder etwas essen zu können.

Der Tag ging im Nebel dahin und endete im Nebel. Ich hatte keinen Hunger, keinen Durst, musste nicht zur Toilette. Ich konnte kein Wort sagen, mein Handy war immer noch ausgeschaltet, ein paarmal hörte ich das Telefon meiner Großeltern klingeln.

»Es ist deine Mutter«, sagte Amanda ein Mal, zwei Mal, drei Mal zu mir, aber ich rührte mich nicht.

»Ich glaube, sie schläft«, hörte ich die Stimme meiner Großmutter, während sie die Tür zur Glasveranda wieder schloss. Sie klang besorgt. »Lass ihr Zeit. Die braucht sie jetzt. Ich verstehe ja bis heute nicht, warum du …«

Mehr konnte ich nicht hören. Ich hatte die Augen fest geschlossen, sie brannten wie Feuer, aber ich konnte nicht weinen.

Achmed, schrieb ich in Gedanken. Achmed, hilf mir.

Aber Achmed war weit weg, zu weit weg. Und mein Laptop lag immer noch ausgeschaltet im Wagen von Zeldas Mom.

Ich schlief ein und wachte auf und schlief wieder ein. Mein Rücken tat weh, außerdem hatte ich stechende Kopfschmerzen, und irgendwann war es Nacht. Schwerfällig richtete ich mich auf. Im Haus war es still. Unter der zugezogenen Verandatür schimmerte ein Lichtstreifen. Ich warf einen Blick auf die Leuchtziffern meiner Armbanduhr. Halb drei. War noch jemand wach? Mühsam stolperte ich aus meinem winzigen Gästezimmer. Oya! Ich hätte Oya anrufen müssen! Ob Rabea mit ihr gesprochen hatte in der Zwischenzeit? Oya hatte mit Sicherheit keine Erinnerung mehr an Len.

Im Wohnzimmer brannte eine kleine Salzkristalllampe. Daher also der Lichtschein. Bestimmt hatte Amanda die Lampe mit Absicht brennen lassen, damit nicht alles stockduster war, wenn ich aufwachte. Auf dem Esstisch lag dann auch ein kleiner Brief, in dem Amanda darauf hinwies, dass ich sie jederzeit wecken könne. Hinter das *Jederzeit* hatte sie drei Ausrufezeichen gesetzt. Außerdem wies meine Großmutter mich auf die Lebensmittel im Kühlschrank hin, von denen ich mir nehmen sollte, was ich wollte, wenn ich Hunger bekäme. Auf dem Tisch stand noch mein Gedeck, dazu eine volle Kanne Tee. Und – ein kleines Foto.

Ein Foto: Len und ich. Zwei kleine, blonde Kinder. Mehr nicht.

Ich konnte kaum atmen.

Da war er. Ich starrte ihn an und an und an.

Der nächste Morgen brachte: Tauwetter, wieder einen Anruf von Rabea, den ich nicht annahm, die Aussage von meinem Großvater, dass er via Internet herausgefunden hatte, dass ich keinesfalls alleine mit Mrs Wards Auto fahren durfte, da es in diesem Fall tatsächlich völlig unversichert sei – und ein recht schweigsames Frühstück:

AMANDA: Geht es dir heute etwas besser, Liebes?

ICH: Hm.

IAN: Was für ein Schmuddelwetter.

Es war nebelig und grau draußen. Es sah aus, als niesele es Nebelschwaden.

AMANDA: Hast du… das kleine Foto gefunden, das ich dir rausgelegt hatte? Das Bild von dir und Len?

Ich schluckte und nickte.

Dann schwiegen wieder alle. Man konnte das Meer hören. Ich brachte es nicht fertig, etwas zu essen. Mein Magen war wie zugeschnürt.

Während Amanda schließlich den Tisch abräumte, sagte Ian drei Dinge.

Drei Dinge:

1. Ich könne bleiben, bis die Schule wieder losgehen würde.

2. Er würde mich dann, um dem Versicherungsschutz zu genügen, persönlich in Mrs Wards Auto zurück nach Hause bringen.

3. Er sei immer der Meinung gewesen, dass es ein Fehler von Rabea gewesen sei, über die Sache mit Len zu schweigen, als sie merkte, dass ich schockbedingt nicht in der Lage war, mich alleine zu erinnern.

»Es war, als sei das alles nicht geschehen. Oya war ja noch klein. Und sie war auch nicht dabei gewesen, als – es passierte. Rabea und sie waren zu Hause geblieben, weil Oya erkältet war. Darum war Raymond mit euch beiden und mit Myron alleine losgezogen.

110

Es waren Ferien, und Myron war ein paar Tage bei euch zu Besuch.«

Der Regen war stärker geworden und trommelte jetzt wie Kieselsteine auf das Dach des kleinen Hauses. Ian stand am Fenster und schaute nach draußen.

»Wo … wo ist Myron eigentlich heute?«, fragte ich schließlich, und meine Stimme klang belegt. Meine Großmutter war im Nebenzimmer verschwunden.

Ian seufzte, aber er drehte sich nicht um.

»Myron …«, sagte er nur. Dann schwieg er wieder.

»Und Marjorie?«, fuhr ich fort.

Ian drehte sich um.

Und dann vollendete er, was Amanda begonnen hatte. Meine Vergangenheit, meine Geschichte …

Hätte ich es Achmed geschrieben (aber das tat ich nicht, weil ich Achmed 1. in diesem Moment völlig vergaß, 2. mein Laptop immer noch in Mrs Wards Chevy lag und 3. alles zusammenstürzte), hätte es vielleicht so geklungen:

Es ist nicht zu glauben! Ich hasse sie alle: Rabea! Ian! Amanda! Und dann sind da noch Marjorie, meine andere Großmutter – und Myron Armadillo, mein Halbbruder! Ja, du hast richtig gelesen: mein Halbbruder! Raymonds Sohn aus seiner ersten Ehe! Und Myron, der damals zehn war, war wütend, weil Raymond jetzt mit Rabea verheiratet war und weil es jetzt außer ihm auch noch mich, Len und Oya gab! (Du willst wissen, wer Len ist? Später, Achmed, später …!) Jedenfalls musste Myron einen Teil seiner Ferien bei uns verbringen, das hatten seine Mutter und Raymond so verabredet, als sie sich trennten – aber Myron wollte nicht mit uns zusammen sein. Und dann, im Scheißspätsommer 1999 …

»Kassandra, oh Kassandra«, sagte Amanda leise. Hinterher, als ich alles wusste. Alles wusste, aber nichts mehr verstand.

»Ich … ich möchte alleine sein, bitte«, flüsterte ich.

»Möchtest du …? Sollen wir …? Natürlich, das verstehen wir«, sagte meine Großmutter hastig, während sie mir hilflos dabei zusah, wie ich in meine Jacke schlüpfte, meine Tasche vom Stuhl nahm, über dem sie seit vorgestern hing – war es wirklich erst zwei Tage her, dass ich hierhergekommen war? –, und zur Tür stolperte.

»Es ist kalt draußen, Kassandra. Und nass«, fügte sie hinzu. »Nimm nicht den Wagen, hörst du? Denk an das, was dein Großvater wegen der Versicherung gesagt hat. Außerdem bist du jetzt natürlich außer dir und sehr aufgeregt …«

Ich drehte mich nicht mehr um, ich verließ einfach das Haus, trat hinaus in die Nässe, öffnete Mrs Wards Wagen, stieg ein und fuhr los.

Ich fuhr eine halbe Ewigkeit, ohne wirklich etwas wahrzunehmen. Irgendwo, irgendwann hielt ich an. Der Himmel war wieder bleigrau, vor mir war nichts als schneematschige Weite. Schnee und Himmel und das Meer verschmolzen in der Ferne, die Wolken hatten sich zu einer einzigen, tiefgrauen Masse geballt, und die Landschaft darunter war nichts weiter als Schatten, Düsternis und Nässe.

Warum konnte ich nicht weinen?

Zuerst Len …

Und jetzt das.

Wo war überhaupt *Sterling Heights*? In Massachusetts, hatte Ian gesagt. In Massachusetts …

Mit zitternden Fingern wühlte ich mein Handy aus der Tasche und schaltete es ein. Eine Menge Nachrichten warteten dort auf mich: Fünf Mal Rabea. Sieben Mal Oya. Drei Mal Zelda Ward. Zwei Mal Darius.

Sprachnachrichten auf meiner Mailbox und SMS, bunt gemischt.

Ich biss mir auf die Lippen, ich zitterte am ganzen Körper, dabei fror ich nicht so sehr äußerlich – das, was mich zittern ließ, war in mir. Tief in mir. Und dabei hatte ich das Gefühl, nicht nur nicht weinen zu können. Nein, ich konnte nicht weinen, nicht denken, nicht schreien. Ich konnte gar nichts.

Alle diese Nachrichten würden warten müssen. Warten, bis …? Ich hatte keine Ahnung, bis wann. Bis ich sicher sein konnte nicht durchzudrehen. Aber war man davor jemals sicher? Beziehungsweise: War ich davor jemals sicher, nach dem, was Ian mir vorhin berichtet hatte?

Meine eisigen Finger drückten schließlich drei Tasten.

Telefon.

Kontakte.

Mr Rosen Mobil.

»Kassandra?« (Seine Stimme klang überrascht und im Hintergrund rauschte es so laut, dass er nur schwer zu verstehen war.)

»Ja …«

Meine kalte Hand umklammerte das Handy.

»Kassandra? Bist du das?« (Anscheinend hatte er ebenfalls Mühe, mich zu hören, aber er sah natürlich meine Rufnummer in seinem Handydisplay.)

»Ja …«

»Hallo? Ist alles in Ordnung bei dir? Ich kann dich kaum verstehen. Warte mal einen Moment … So, jetzt müsste es besser gehen. Ich bin am Meer unterwegs, und es ist schrecklich windig. So, ich habe mich jetzt untergestellt.«

(Am Meer? Ach ja, Mr Rosen war ja ebenfalls verreist. Das hatte ich ganz vergessen. War er nicht sogar ebenfalls … in Maine?)

»Kassandra?«

»Ja …«

Ich musste mich zusammenreißen, aber ich schaffte es nicht. Und plötzlich fing ich an zu weinen, aber nicht normal zu weinen, nein, ich weinte ganz fürchterlich, und meine Tränen und eine Menge Schleim aus meiner Nase tropften aus meinem Gesicht und fielen auf meine Knie hinter Mrs Wards Steuer. Andere liefen an meinem Handy entlang und an meiner Hand und in meinen Pulliärmel hinein. Auch das Lenkrad wurde nass und schmierig.

»Himmel, Kassandra! Was ist passiert? Brauchst du Hilfe? Wo bist du denn?«

Mr Rosens Stimme klang erschrocken und besorgt.

Ja, ich brauchte Hilfe. Und was passiert war?

»Können Sie – vielleicht zu mir kommen?«, flüsterte ich verzweifelt. Ich dachte an seine beruhigenden, braunen Augen, an seine Ruhe, an seine warme Hand, die er mir nach dem Babysitten immer zum Abschied reichte.

Einen Moment lang war es still in der Leitung, still bis auf Windrauschen und Verbindungsrauschen.

»Wo steckst du denn, Kassandra?«, erkundigte sich Mr Rosen schließlich. »Ich vermute nämlich, dass ich viel zu weit weg bin, um ...«

»In Maine«, flüsterte ich kraftlos.

»In Maine?«, wiederholte der Vertrauenslehrer der Woodrow-Wilson-Highschool perplex.

»Ja ...«, sagte ich leise.

»Tatsächlich? – Und wo genau dort?«

Ich schaute aus dem Fenster hinaus zu Meer, Wolken, Nebel, Möwen, Nässe, Regen.

»Ich weiß es nicht«, gab ich zu und weinte weiter.

»Und was machst du überhaupt in Maine?«, hakte Mr Rosen verwirrt nach. »Ich bin nämlich ebenfalls dort ... In Cumberland, genauer gesagt. Eigentlich besuchen Virginia, Lucilla und ich dort meine Schwiegereltern, aber für die nächsten drei Tage bin ich in Frenchville ...«

»Ich habe meine Großeltern besucht. In Fairview, aber …« Mehr konnte ich nicht sagen, wieder fing ich an zu weinen.

Und dann kam er. Er fuhr bis Fairview, weil er sagte, das wäre gut und schnell zu schaffen von Old Town aus, und dann dauerte es nicht mehr lange, bis er da war. Ich war ein paar Meilen westlich von Fairview gelandet, vom Auto aus konnte ich einen modernen Leuchtturm und in der entgegengesetzten Richtung ein kleines, recht verwittertes Hinweisschild auf eine Tauchschule ausmachen. *Bishop's Dive Center* stand darauf. Mehr war nicht nötig gewesen.

»Was ist denn bloß passiert, Kassandra?«, fragte er erschrocken, nachdem er seinen Wagen hinter meinem abgestellt, herausgesprungen, die Chevyfahrertür aufgerissen, mich besorgt begutachtet hatte und ich anschließend zu ihm ins warme Auto gestiegen war. Ich zitterte am ganzen Körper, und meine Zähne schlugen laut aufeinander. Mrs Wards Auto, das inzwischen völlig ausgekühlt war, hatte ich sorgfältig verriegelt, und Mr Rosen versicherte mir, dass es hier ruhig eine Weile stehen bleiben konnte.

»Ich habe mir die Fahrt über die schlimmsten Dinge ausgemalt«, gestand er und fuhr sich mit den Händen durch seine honigfarbenen Haare. »Ich dachte, du wärst vielleicht überfallen worden. Etwas in der Art …«

Ich schwieg.

»Was ist mit deinen Großeltern, Kassandra? Hast du sie angerufen? Soll ich dich zu ihnen bringen?«

Das Mobiltelefon hatte in der Zwischenzeit derart oft vibriert, dass ich es, kurz bevor Mr Rosen gekommen war, erneut ausgestellt hatte.

»Nein, bitte nicht …«, flüsterte ich erschöpft. »Ich will … auf keinen Fall zu ihnen.«

»Hast du dich mit ihnen gestritten?«, forschte Mr Rosen.

Ich schwieg und schüttelte den Kopf.

»Was ist dann los mit dir? Du bist schneeweiß im Gesicht.«

Ich schwieg und schwieg und schwieg. Ich spürte, dass meine Augen vom Weinen geschwollen waren, und ich musste mit den verschmierten Spuren von Tränen und – sorry für das Wort – Rotz im Gesicht furchtbar aussehen.

Mr Rosen seufzte. »Dann also erst mal Wärme«, schlug er vor. »Einverstanden? – Und vielleicht willst du dich ja auch ein bisschen frisch machen?«

Ich nickte.

»In Twining, also ganz in der Nähe, gibt es ein verrücktes, neues Café. Es heißt *Yes!* und hat so eine neospirituelle Atmosphäre. Wenn du dich nicht an den lachhaften Namen der Gerichte dort störst, ist es recht passabel. Was ist, wollen wir?«

Ich nickte wieder und hatte das Gefühl, nie mehr ein vernünftiges Wort herausbringen zu können.

»Ich kenne in Maine praktisch jeden Winkel, musst

du wissen«, erklärte Oyas Geschichtslehrer, während er den Motor startete, und lächelte mir zu. »Ich stamme von hier. Virginia ebenfalls. Wir haben praktisch schon zusammen im Sandkasten gesessen. Und am Meer, versteht sich. Wir waren als Kinder Nachbarn.«

Dann war es also gar nicht, wie Mercedes erzählt hatte. Es war gar kein Zufall gewesen, dass Mr Rosen und Ms Wells sich an der Woodrow-Wilson gefunden hatten. Kein plötzliches *Bamm!*, sondern eine harmlose Kinderzeitliebe.

Es war Mittagszeit inzwischen. Mein Magen fühlte sich flau an, ich hatte seit einer Ewigkeit nichts Vernünftiges mehr gegessen, trotzdem war mir der Hals immer noch wie zugeschnürt.

Zum Glück war das kleine, neospirituelle Restaurant in Twining fast leer. Eine sehr große, sehr dünne, sommersprossige Bedienung führte uns beschwingt zu einem Tisch zwischen einem buschigen Ficus Benjamina und einem Ginsengbaum im silbernen Blumenkübel.

Mr Rosen schob mir die Speisekarte zu.

»Der große Salat des Hauses ist gut«, schlug er lächelnd vor. »Er nennt sich allerdings *Ich bin erfüllt*. Fühl dich eingeladen, Kassandra.«

Außer *Ich bin erfüllt* gab es noch *Ich bin erwacht*, *Ich bin beschwingt* und lauter solche Sachen. Ich runzelte die Stirn und fühlte mich müde, krank, fehl am Platz, aber ich war andererseits erleichtert, nicht mehr alleine zu sein wie zuvor in den Stunden im Auto am Straßenrand.

»Ich nehme einmal *Ich bin erfüllt* mit Honig-Vinaig-rette«, sagte Mr Rosen zu der sommersprossigen Kell-nerin. »Und einmal *Ich bin offen* mit Sojasprossen.«

Ich bin offen war ein Grünkern-Omelette.

Ich nahm den Salat, den Mr Rosen mir empfohlen hatte, mit Essig-Öl-Dressing, und bekam ihn mit einem Korb voller Olivenbrotscheiben.

Meine Stimme, beim Bestellen, klang unwirklich.

Bevor das Essen serviert wurde, ging ich noch zur Toilette. Ich sah schrecklich aus. Erschöpft strich ich mir die Haare aus der Stirn. Mein Gesicht war blass, unter meinen geschwollenen Augen lagen tiefe, dunkle Schatten. Hastig spritzte ich mir Wasser ins Gesicht, wieder und wieder. In meiner Umhängetasche hatte ich meine Schminksachen, aber die Tasche hatte ich dummerweise in Mr Rosens Wagen liegen lassen. Ich fühlte mich sehr bleich und nackt und durch und durch elend.

Ich fuhr mir mit allen Fingern durch die zerzausten Haare.

Mehr konnte ich nicht tun.

Und im Grunde war es auch völlig egal, wie ich aus-sah.

Was hatte ich noch zu verlieren?

Duden Bedeutungswörterbuch – Lüge: bewusst falsche, auf Täuschung angelegte Aussage; absichtlich, wissentlich geäußerte Unwahrheit.

»Na, dann guten Appetit, Kassandra.«

»Ja ... Danke. Auch guten Appetit ... Und vielen, vielen Dank, dass Sie so – einfach gekommen sind ...«

Mr Rosen lächelte mir zu. »Ist das nicht verrückt? Als du anriefst, dachte ich natürlich, du wärst zu Hause in Great Emeryville, fünfhundert Meilen weit weg. Da hätte ich für den Moment wenig tun können, aber als du mir sagtest, dass du ebenfalls hier oben in Maine bist, war es doch klar, dass ich komme und dich einsammle ...«

Ich aß vorsichtig ein paar Gabelspitzen voll Salatsprossen.

»Aus Fairview stammt übrigens mein bester Freund«, erzählte Mr Rosen. Ich war froh, dass er noch nicht wieder nachgehakt hatte, was eigentlich mit mir los war. Ich betrachtete ihn unauffällig. Seine honigfarbenen Haare waren viel lockiger heute als sonst in der Schule. Wahrscheinlich kam das von der feuchten Meeresluft. Meine Haare zerzauste sie nur, aber Oya bekam auch schöne Locken, wenn sie sich eine Weile am Meer aufhielt.

»Er heißt Mateo«, fuhr Mr Rosen fort. »Auch ein Kinderzeitfreund. Wir machen Musik zusammen. Darum bin ich auch derzeit in Old Town. Wir treffen uns dort immer mal wieder, um zusammen Musik zu basteln, sozusagen. – Mateo, Zizmo und eben ich.«

Und dann fragte er doch.

Was ist dir passiert, Kassandra?

Und wieder musste ich weinen.

Mr Rosen legte seine Hand auf meine. Wieder war seine warm und meine kalt.

Die sommersprossige Kellnerin brachte mir eine Schachtel Kleenex und ein Glas warme, schaumige Milch.

»Geht aufs Haus«, erklärte sie und lächelte mir tröstend zu. »Nicht vergessen, was immer dich bedrückt, am Ende des Tunnels ist Licht. Garantiert.«

Damit schritt sie davon, um ein paar anderen Leuten, die gerade zur Tür hereinkamen, einen Tisch vorzuschlagen. Die Leute lachten und brachten einen Schwall Kälte von draußen und jede Menge laute, gute Laune mit. Ich hätte mich am liebsten in einem dunklen Mauseloch verkrochen. In winzigen Schlucken trank ich meine Milch.

»Irgendwohin, wo es ruhiger ist«, sagte Mr Rosen hinterher entschlossen, bezahlte unser Mittagessen und legte, als wir nebeneinander hinausgingen, für einen Moment seine Hand auf meinen verspannten Rücken. In seinem Portemonnaie war ein Foto von seiner Frau gewesen. Und eins von seiner kleinen Tochter. Das hatte ich gesehen, während er die Rechnung beglich und der Sommersprossigen ein großzügiges Trinkgeld überließ.

Das Haus in Old Town lag ebenfalls nah am Meer. Und es war ähnlich klein wie das Haus meiner Großeltern. Allerdings sah es so aus wie Ian und Amandas Haus wahrscheinlich einmal ausgesehen hatte, ehe sie begonnen hatten, es zu renovieren und auf Vordermann zu bringen.

»Es heißt *Rowan*«, sagte Mr Rosen und parkte am Giebel von House Rowan. »Nach den vielen Ebereschen, die es hier gibt. Und es gehört meinem Freund Zizmo. Im Moment ist aber keiner da. Wir trinken einfach einen Tee und du erzählst, wenn du magst, was los ist. Reden erleichtert unheimlich. Aber das weißt du ja selbst.«

Wir gingen hinein. Es schneite wieder.

»Und irgendwann solltest du dann mal in Fairview anrufen und deinen Großeltern sagen, dass du okay bist. Sie sorgen sich bestimmt um dich.«

Aber ich war nicht okay. Und an Ian und Amanda zu denken verursachte mir Übelkeit im Moment. So viele Lügen …

Die Dielen knarrten unter unseren Füßen, und wir betraten ein kleines, vollgestopftes Wohnzimmer. Allerdings sah es eher wie ein Musikstudio aus. Ich sah einen in die Jahre gekommenen Flügel, ein Schlagzeug, ein Saxophon, eine Klarinette, einige Notenständer. In den hohen Regalen, die die Wände säumten, stapelten sich Notenhefte. Außerdem gab es Mikrophone und Geräte, die wie Computeraufnahmegeräte aussahen. Zwei aufgeklappte, aber ausgeschaltete Laptops standen auf einem niedrigen Tisch. Kabelknäuel lagen zwischen ihnen.

Mr Rosen brachte heißes Wasser in einer Thermoskanne, zwei leicht angeschlagene Becher mit Henkeln und ein paar lose Teebeutel aus der Küche, die, wie es aussah, im Nebenraum untergebracht war.

Dann saßen wir auf einem uralten Sofa, tranken Tee mit Honig (Mädchen essen Honig, Männer kauen Bienen ... Wie lange das her zu sein schien. Darius' Worte. Wie in einem anderen Leben) und taten eine Weile gar nichts. Schneeflocken wirbelten vor dem Fenster.

»Ich muss nach Sterling Heights«, sagte ich schließlich leise und umklammerte meinen heißen Teebecher dabei.

»Das kenne ich, eine Kleinstadt am Rand von Massachusetts. Hübsch da«, antwortete Mr Rosen. »Viele sehenswerte Museen. Ein netter, alter Ortskern. – Aber warum zieht es dich ausgerechnet dorthin?«

Ich schluckte und kämpfte gegen meinen zugeschnürten Hals an.

»Mein ... Vater ist dort«, sagte ich schließlich mühsam.

Ich

hatte

es

gesagt.

Mein Vater ist dort.

Mr Rosens Augen tauchten verwirrt in meine.

»Dein ... Vater? Sagtest du nicht, er sei gestorben, als du noch klein warst?«

Alles tat mir auf einmal weh. Ich konnte nicht sprechen und nicht denken. Nur ein Strom von Tränen floss aus meinen brennenden Augen. Ich weinte und weinte, und Mr Rosen nahm mich in den Arm, vielleicht nur ein paar Minuten, vielleicht länger, vielleicht eine Ewigkeit.

Irgendwann schaffte ich es, ihm von Len zu erzählen. Von dem, was Amanda mir berichtet hatte, von meinen verlorenen und wiedergefundenen Erinnerungen. Die Wolke aus wütend summenden Wespen. Myron, der ihr Nest zerschlagen hatte aus Wut über Raymonds neue Familie, seine neuen Kinder, mich, Len und Oya.

Und dann?

Warum hatte Rabea geschwiegen in all den Jahren? Warum hatte sie gelogen? Raymond war nicht an Krebs gestorben, er war überhaupt nicht gestorben. Er lebte. Er lebte in Sterling Heights in Massachusetts, einer schönen Kleinstadt, wie Mr Rosen bestätigt hatte.

»Ich muss ihn sehen«, sagte ich und hob den Kopf. »Mein Großvater sagte, er sei krank seit der Sache mit Len. – Er lebt angeblich in Sterling Heights in einer Klinik. – Ich muss ihn sehen, verstehen Sie, Mr Rosen? Ich muss sehen, ob es stimmt. – Ob er tatsächlich lebt. – Ob er nicht tot ist. – Wie kann das sein? – Wie konnte meine Mutter uns nur so schrecklich belügen? – Das ist es, was ich nicht verstehe. – Wie konnte sie zulassen, dass wir Len vergaßen, und uns gleichzeitig einreden, dass unser Dad gestorben sei? – Was gibt das für einen Sinn? – Das ist doch einfach nur pervers und schizophren!«

Meine Stimme war immer lauter und schriller geworden. Ich kreischte wie verrückt.

In diesem Moment öffnete sich die Wohnzimmertür von House Rowan und ein recht dunkelhäutiger, glatzköpfiger Mann schaute herein.

»Störe ich?«, fragte er. In der einen Hand trug er, wie es schien, Einkäufe, in der anderen hatte er eine Mundharmonika.

»Das ist Zizmo«, stellte Mr Rosen uns vor. »Zizmo, das ist Kassandra, eine Schülerin meiner Schule. – Du bist aber früh zurück.«

Ich schrumpfte in mich zusammen. Was machte ich hier bloß? Warum belästigte ich Mr Rosen mit meinen Angelegenheiten? Warum schrie ich herum wie eine Durchgedrehte? Warum war ich bloß hier?

»Nett, dich kennenzulernen«, sagte Zizmo in diesem Moment, so als habe er mein Geschrei überhaupt nicht gehört, und stellte die Einkaufstasche ab. »Ja, alles ging heute blitzschnell. – Isst du heute Abend mit uns, Kassandra? Es gibt *Frittata Navidad*, mexikanisches Weihnachtsomelette. Sehr lecker.«

»Zizmo stammt aus Mexico«, erklärte Mr Rosen. »Und er ist ein verdammt guter Koch.«

»Ersteres nur zur Hälfte, Elija, aber Teil zwei deiner Aussage trifft hundertprozentig zu«, korrigierte Zizmo grinsend. »Meine Ma hatte damals vor dreißig Jahren einfach nur noch keine Lust auf einen langweiligen Durchschnitts-Ami und vergnügte sich lieber mit einem feurigen, Banjo spielenden Mexikaner in Tijuana. Wenigstens für ein paar Sommerwochen. Und voilà – war ich unterwegs!«

Er lachte zufrieden und begann, ein munteres Stück auf seiner Mundharmonika zu spielen.

In meinem Kopf drehte sich alles. Ich wollte weg, weg, weg …

Ich *musste* weg. Ich musste nach Sterling Heights!

Elija Rosens Gedanken (in knapper Zusammenfassung):

– Was für eine merkwürdige Geschichte …

– Viel zu ertragen und schwer zu verstehen.

– Ich sollte mich eigentlich nicht einmischen!

– Was ist mit den Großeltern?

– Was mit der Mutter?

– Wem gegenüber loyal sein?

– Andererseits ist Kassandra fast achtzehn und hat ein Recht zu verstehen, was los ist mit ihrem Leben.

– Große, traurige Augen in einem sehr schmalen, sehr blassen, überforderten Gesicht.

MR R.: Ruf doch deine Großeltern an, Kassandra.
    Sag ihnen, dass du soweit okay bist.

ICH: Bitte, ich möchte nicht.

MR R.: Das ist die Bedingung, Kassandra. Danach
    essen wir mit Zizmo und Mateo – und morgen
    früh fahren wir, wenn du es immer noch willst,
    nach Sterling Heights.

ICH: Das würden Sie für mich tun?

MR R.: Ich weiß allerdings nicht, ob es richtig ist,
    dass ich mich einmische.

ICH: Das haben meine Großeltern auch gesagt.
    Immer wieder. Keiner will sich einmischen.
    Aber gelogen haben sie alle. Da hatte anschei-

126

nend keiner irgendwelche Skrupel. Danke …
dass wenigstens Sie mir helfen.

Fast die ganze Nacht blieb ich wach. In einer winzigen Dachkammer im hintersten, obersten Winkel des kleinen Hauses. Auf einer Isomatte, die Zizmo für mich herausgekramt hatte. Zusammen mit einem alten Schlafsack. Immer noch hatte ich Oya nicht angerufen. Dafür hatte ich mit Mr Rosen und seinen Freunden den Abend verbracht. Zizmo hatte gekocht, Mateo hatte Klarinette und Mr Rosen Klavier gespielt.

Vor dem Essen hatte ich meine Großeltern angerufen. Sie waren aufgeregt, verzweifelt, waren sich längst in die Haare geraten, wer was falsch gemacht hatte. Rabea war ebenfalls involviert. Amanda hatte sie anscheinend erneut angerufen, nachdem Ian mir von meinem Vater in Sterling Heights erzählt hatte und ich davongestürzt war.

Flehentlich verlangten sie zu erfahren, wo ich jetzt sei, aber ich verriet es ihnen nicht.

»Bei – Freunden«, sagte ich nur knapp.

Amanda begann zu weinen, wollte wissen, was für dubiose Freunde das seien, die ich da auf einmal hätte, und biss sich dann an der Sache mit Mrs Wards Auto fest. Ich dürfe damit nicht alleine fahren, bla bla bla.

Völlig verrückt, dachte ich und biss die Zähne zusammen. Sie verschweigen mir dreizehn Jahre lang, dass mein Vater noch am Leben ist, warum auch immer, und drehen dann durch, weil ich mit einem Auto fahre, das nicht auf meinen Namen versichert ist?

Immer wieder betrachtete ich Len und mich auf dem kleinen Foto, das Amanda für mich herausgesucht hatte. Lens schmales Gesicht, seine großen, hellen Augen, sein lächelnder, aber irgendwie trotzdem ernster Blick. Er saß dicht neben mir auf ein paar niedrigen Steinstufen in irgendeinem sonnigen Garten. Unsere dünnen Kinderknie berührten sich.

Die Wolke aus Wespen.

Meine Wolke. Sie war über all die Jahre meine einzige Brücke zu meinem Zwillingsbruder gewesen, nur hatte ich es nicht verstanden.

Warum hast du mir das angetan, Rabea? Verdammt! Warum hast du ihn mich vergessen lassen? Wie konntest du das zulassen?

Ich schrie tonlos, aber in meinem Kopf schrie ich. Schrie mich heiser.

»Du siehst nicht so aus, als hättest du besonders viel geschlafen«, sagte Mr Rosen am Morgen. Der Himmel war silbrig hell, die Sonne schien, Zizmo schlief noch und Mateo war trotz Schneematsch auf den Wegen laufen gegangen.

»In fünf Tagen fängt die Schule wieder an«, fuhr Mr Rosen fort und kochte Kaffee und Roibuschtee.

Ich starrte vor mich hin.

Rabea war jetzt zweiundvierzig. Mein Vater war

etwas älter gewesen als sie – acht Jahre? Dann wäre er jetzt – fünfzig.

»Bedingung zwei«, sagte Mr Rosen. »Frühstück! Iss etwas, Kassandra. Ehe du nicht wenigstens eine Kleinigkeit gegessen hast, fahre ich nicht los.«

Zum Frühstück hörten wir Simon & Garfunkel. Zizmo hatte die CD ausgewählt.

ZIZMO: Wann brecht ihr auf?

MR R.: Gleich nach dem Frühstück. Ist ein ganzes Stück.

MATEO: Meinst du nicht, du solltest dich besser raushalten aus der Sache, Elija? Klingt für mich nach einer ziemlich brisanten Familienangelegenheit.

ICH: Bitte, ich will fahren! Es geht um meinen Vater. Ich muss wissen – woran ich bin.

MATEO: Ja, das verstehe ich, aber solltest du dich nicht besser an deine Mom halten? Ich meine, sollte sie nicht lieber mit dir dorthin fahren? Bestimmt hat sie dir eine Menge – zu erklären?

ICH: Meine Mom hat mich mein Leben lang belogen! Ich möchte sie nicht sehen!

Mein Handy war aus, mein Laptop ebenfalls. Ich fühlte mich schrecklich unwirklich, und dieses Zittern in mir hörte einfach nicht auf. Warum hatte mein Vater – wenn er tatsächlich noch lebte – sich nie bei mir, bei uns gemeldet? Warum hatte er uns aufgegeben? Warum, warum, warum? Eine Million Fragen in meinem schmerzenden Kopf.

Und dann fuhren wir los.

»Ich soll dich übrigens herzlich von Virginia grüßen«, sagte Mr Rosen, als wir Old Town hinter uns ließen. Wir hatten die Wagen getauscht und fuhren jetzt mit dem Chevy von Zeldas Mom.

Mrs Rosen würde morgen mit Lucilla und dem Kombi der Rosens nachkommen.

»Es tut mir leid, dass ich so viele Umstände mache«, sagte ich leise.

Das schöne Wetter vom Morgen war schon wieder vorbei. Es schneite in dichten, großen Flocken, die wie eine fast undurchdringliche Wand vom Himmel kamen.

»Du machst keine Umstände, Kassandra«, versicherte Mr Rosen mir. »Diese Geschichte ist wirklich schwer zu verstehen: dein gestorbener Bruder, dein jahrelanges Vergessen – und jetzt die merkwürdige Sache mit deinem Vater. Ich denke, es wird Zeit, Licht ins Dunkel zu bringen.«

Seine Stimme klang beruhigend. Ich betrachtete ihn verstohlen von der Seite. Immer noch lockten sich seine hellbraunen Haare widerspenstig über seiner Stirn. Er sah sehr jung aus an diesem Morgen. Jung und ungewohnt unrasiert und – privat. Ich war auf einmal froh, ihn neben mir zu haben. Er war tausendmal besser als Mr Walenta, um den alle so einen Zirkus veranstalteten. Da war ich mir plötzlich sicher.

Gegen Mittag bestand Mr Rosen darauf, dass ich zu Hause anrief und mit meiner Mutter sprach.

»Ist das Bedingung drei?«, fragte ich niedergeschlagen.

Mr Rosen nickte.

»Und wie viele Bedingungen kommen noch?«

Wir waren schon wieder in New Hamshire, und es regnete in Strömen.

»Keine mehr«, versprach Mr Rosen.

»Kassandra!«, rief meine Mutter, als ich mich eine halbe Stunde später dazu durchrang, Bedingung drei zu erfüllen. »Wo bist du? Ich habe mir solche Sorgen gemacht! Kassandra, wir müssen unbedingt reden! Komm nach Hause! Ich weiß, du bist jetzt sehr wütend auf mich, aber …«

»Ich komme nicht nach Hause, Rabea«, unterbrach ich sie und wünschte mir eine kalte, schneidende, berechnende Stimme, aber leider war meine Stimme in Wirklichkeit dünn und wackelig und nah am Weinen. »Ich … ich fahre nach Sterling Heights. Ich … ich will …«

Weiter konnte ich einfach nicht, und darum unterbrach ich die Verbindung.

Und dann waren wir da, irgendwann am späten Nachmittag.

Mein Handy, wieder unter den Lebenden, hatte schrecklich oft geklingelt unterwegs. Darius' Anruf hatte ich ignoriert. Ebenso einen Anruf aus Ankara. Achmed, der es nicht gewöhnt war, ohne wenigstens ein Lebenszeichen pro Tag via Internet von mir zu sein, versuchte es nun anscheinend auf diesem Weg. Auch Amanda und Ian versuchten, mich zu erreichen, aber ich ignorierte sie wie alle anderen. Nur Oyas Anruf nahm ich an. Mein Herz schlug mir bis in den Hals, während ich auf die Grüner-Hörer-Taste drückte.

»Okay, du lebst«, sagte Oya zufrieden auf Französisch.

»Ja«, sagte ich leise auf Englisch.

»Rabea ist kurz vor einem Nervenzusammenbruch«, fuhr Oya fort, diesmal auf Italienisch. »Brendan ist gerade da, um mir seelischen Beistand zu leisten.«

»Weißt du es schon? Ich meine, hat sie dir in der Zwischenzeit auch erzählt, dass …?«

Es war doch wirklich zum Kotzen: Schon wieder versagte meine Stimme.

Oya sagte etwas auf Schwedisch.

»Oya!«, bat ich flehentlich.

»Ja, hat sie«, wiederholte Oya diesmal auf Englisch. »Ich fasse dann mal zusammen: Da wäre also erstens Len! An den ich mich gar nicht erinnern kann. Und zweitens – man höre und staune – Raymond Armadillo! Der lebt, statt brav tot zu sein! Gruselig! Beinahe wie in *The Sixth Sense* mit Bruce Willis. Erinnerst du dich noch an den Film? Tote Lebende – oder lebende Tote, wie man's nimmt! Ein Untoter! Ein Zombie, sozusagen!«

Ich kannte Oya. Ich wusste von ihrer Sehnsucht nach Sergio auf Stromboli. Und nach Jérôme in Paris. Beide waren irgendwie Vatertypen. Sie konnte mir nichts vormachen.

»Warum, Oya?«, fragte ich darum nur. »*Warum* hat sie uns jahrelang belogen? Was macht das alles für einen Sinn?«

»Wo bist du?«, fragte Oya statt einer Antwort zurück. »Auf dem Weg zu … ihm? Das sähe dir nämlich ähnlich. – Bist du alleine?«

»Ja, ich fahre nach Sterling Heights«, antwortete ich leise. »Aber … nicht alleine. Ich fahre mit … Mr Rosen.«

»Mit *Mr Rosen*? Mit *unserem* Mr Rosen?«, wiederholte Oya perplex. »Wo hast du *den* denn aufgegabelt, wenn ich fragen darf?«

Eine Dreiviertelstunde später waren wir da.

Die Tür zur Wahrheit:

Zu passieren gab es: einen von Baumwurzeln durchzogenen Besucherparkplatz. Einen von Ahornbäumen gesäumten Kiesweg, auf dem vereinzelt noch knittrige, braunschwarze Blätter vom vergangenen Herbst herumlagen. Ein Labyrinth aus architektonisch künstlerisch geformten Wegen, teilweise über kleine Holzbrücken, unter denen Wasser dahinfloss – wir folgten kleinen Wegweisern –, und dann endlich ein Kommunikationszentrum für Besucher. *Besucher bitte anmelden!*

In diesem Pavillon aus blauem Holz trafen wir eine große, hagere, ernste Frau, die Zeitung lesend an einem

Besuchertisch saß. Um ihren Hals baumelte eine türkisfarbene Brille und eine Bernsteinkette. Ansonsten war der helle Raum menschenleer.

»Kassandra …«, sagte sie, als Mr Rosen und ich zur Tür hereinkamen.

Sie roch immer noch nach Orangen, es war wie früher. Sie stand auf, aber sie umarmte mich nicht, und ich umarmte sie nicht. Sie sah alt und traurig aus.

»Ich habe auf dich – gewartet«, sagte sie erklärend. »Deine … Mutter hat mich angerufen – heute früh.«

Plötzlich telefonierten sie anscheinend alle. Rabea, Amanda, Ian – und jetzt Marjorie. Plötzlich waren sie alle wieder da. Wie war das möglich?

»Und Sie sind …?«, fragte Marjorie Armadillo, meine lang verschollene Großmutter väterlicherseits. Was tat sie hier? Was – um alles in der Welt tat sie hier? Ich wollte schreien und wegrennen, aber ich stand wie erstarrt.

Unterdessen stellte Mr Rosen sich vor.

In dem Moment ging hinter uns schon wieder die Tür auf, und zusammen mit der gleichen nassen, nach Winter riechenden Regenluft, durch die wir eben erst gelaufen waren, kam ein Mann in Jeans und einem grauen Kapuzenshirt herein.

»Mein Enkel Myron«, sagte Marjorie. »Kassandra, erinnerst du dich an Myron?«

Myron war groß wie Marjorie, dünn, ernst und hager wie sie. Er zog die graue Kapuze vom Kopf und fuhr sich durch kurze, helle Haare.

»Hi, Kassandra«, sagte er. Mehr nicht.

Hi, Kassandra?

Er hatte meinen Bruder getötet. Er war ein Monster. Ich wollte ihn nicht sehen.

Aber er blieb. Er umarmte Marjorie und fragte:

Myrons Frage:

»Wie geht es ihm heute?«

Ich hörte jemanden wimmern. Und dieser bescheuerte Jemand war natürlich ich.

»Es geht ihm wie immer«, antwortete Marjorie leise.

Dann machten wir uns auf den Weg über weitere künstlich angelegte Wege, nette, geschwungene Holzbrücken, vorbei an einem kleinen Weiher und so weiter.

»Ein anthroposophisches Pflegeheim«, erklärte Marjorie an Mr Rosen gewandt. Oder an mich? Pflegeheim? Warum wurde mein Vater gepflegt? Was hatte er?

»Lange … nicht gesehen«, sagte Myron unterdessen zu mir und pirschte sich, ich kann es nicht anders nennen, an meine Seite.

Ich gab ihm keine Antwort.

Ich lief wie in Trance.

Wohin war ich unterwegs? Zu meinem *Vater*, der seit Jahren gestorben war? Ich hatte immerzu das Gefühl, nicht vernünftig atmen zu können. Ab und zu schnappte ich nach Luft wie verrückt, und dann wieder zog sich meine Kehle so fest zu, dass ich nicht mehr ausatmen konnte. Meine Finger begannen zu kribbeln, dann meine Hände – und schon im nächsten Moment hatte ich das Gefühl, meine kompletten Arme bestünden aus Armeen von durchgedrehten Ameisen. Meine Finger wurden eisig und starr.

Und dann waren wir da.

Die Tür zu meinem Vater:

»Raymond!«, sagte Marjorie.

»Dad …«, sagte Myron.

Da war er. Mein Vater. Ich blinzelte, weil auf einmal alle Konturen verschwammen. Ich sah die schemenhafte Gestalt eines gebeugten, alten Mannes. Er saß in einem hellen Zimmer und … tat nichts.

»Raymond? Wir haben dir heute … jemanden mitgebracht, den du … lange nicht gesehen hast! Raymond? Sieh doch: Kassandra ist da …«

Ich sah mich gerahmt an der Wand. Mich, Len, Oya und Myron.

Gerahmte Menschen, die es so nicht mehr gab. Oya zum Beispiel war ein kugelrundes Kleinkind mit Grübchen im Gesicht und Bäckchen, die so dick waren, dass sie ihre Augen fast zuquetschten.

Ich: mit dünnen, geflochtenen Zöpfchen und Hand in Hand mit Len, der auf dem Bild ein zugeklebtes Auge hat.

Und Myron, klein, vergnügt, lachend, winkend.

Raymond saß da, nah am Fenster, und schaute durch mich und uns alle hindurch. Er war blass und ernst und unsagbar still. Noch nie hatte ich eine stillere Stille erlebt. Er hatte auch keine Locken mehr – hatte er je welche gehabt? –, sondern dünnes, schütteres, staubfarbenes Haar. Die wenigen, kostbaren Erinnerungen, die ich an ihn gesammelt hatte, drohten für immer zu zerrinnen in diesem Moment.

»Was … was hat er? Was ist … mit ihm passiert?«, fragte ich Marjorie und sah gleichzeitig, dass mein Vater sehr warm angezogen war: Unter seiner Jogginghose lugte ein zweites Paar Hosenbeine heraus, er trug bunte Wollsocken und darüber gefütterte Hausschuhe, dazu unter seinem Sweatshirt einen weiteren Pulli aus Wolle. Um den dünnen Hals hatte er einen Schal. Er sah aus wie ein verrückter Greis, nur dass sein Gesicht nicht faltig, sondern glatt und merkwürdig starr und entrückt war.

»So ist er immer seit damals«, beantwortete Marjorie meine Frage in diesem Moment. »Er … kann nicht ertragen, was … mit Len … geschehen ist. Er kann nicht leben, aber auch nicht sterben. Er tut nichts mehr aus eigenem Antrieb. Gar nichts, Kassandra. Er ist hier, seit damals der …Unfall passiert ist.«

Mein Vater murmelte leise.

»Was hat er gesagt?«, flüsterte ich erschrocken.

»Er spricht nie verständlich«, fuhr meine Großmutter fort, und ich stand in diesem Orangenduft und hatte das Gefühl, jeden Moment zusammenzubrechen.

»Rabea …«, sagte ich schließlich benommen. »Rabea?«

Es war mehr eine Frage, die ich aber nicht stellte.

Marjorie beantwortete sie trotzdem.

»Deine Mom hat … ihn nicht mehr ertragen. Zuerst dachte sie, dachten wir alle, er käme aus dieser Starre, dieser Lähmung wieder heraus, aber das passierte nicht. Bis heute nicht. Irgendwann ist sie dann mit euch davongegangen. – Vielleicht wollte sie euch schützen, wer weiß das schon genau. Vielleicht nicht mal sie selbst. Aber es hat mir weh getan, als sie ging. Schrecklich weh getan. – Und ich weiß nicht … ob ich ihr das je verzeihen kann.«

Rabea, die den Psychiatriewändejob kaum ausgehalten hatte … Plötzlich ergab es Sinn. Ebenso Ians und Amandas Entsetzen über das, was ihre Tochter da getan hatte. Raymond im Stich zu lassen, während er durch die Hölle ging, einfach fortgehen, egoistisch sein. Oder feige. Was auch immer.

»Dad?«, hörte ich mich ängstlich sagen. Und dann berührte ich seine schlaffe, leblose Hand. Marjorie drehte sein Gesicht mit ihren Händen sanft in meine Richtung.

»Raymond«, bat sie leise. »Raymond – Kassandra ist da! Siehst du sie? Sie ist deine Tochter, Raymond. Kannst du sie erkennen?«

Aber das tat er nicht. Er sah mich nicht. Er erkannte mich nicht. Er saß einfach nur reglos da und schaute still vor sich hin.

In mir war eine kaum zu ertragende Schwere.

»Bitte – nicht nach Hause. Nicht zu meiner ... Mutter«, sagte ich leise und schnallte mich an. Mehr sagte ich nicht.

Und Mr Rosen? Er sagte nur ebenso leise: »Oh, Kassandra.«

Und ebenfalls nicht mehr. Lange fuhren wir schweigend in Mrs Wards altem Chevy durch die Dämmerung und dann durch Dunkelheit über die Interstate, die voller lauter, eiliger Trucks war, die sich immerzu an uns vorbeidrängelten, in einer nicht enden wollenden, lärmenden Kette.

Marjorie und Myron hatten uns, als wir aufbrachen, noch zum Parkplatz begleitet. Leere Worte waren gewechselt worden, die ich sofort wieder vergas. Phrasen, mehr nicht. In meinem Kopf war ein schrilles Summen.

Irgendwann, als die Nacht hereingebrochen war, erreichten wir Great Emeryville. Unglaublich, was alles passiert war, seit ich vor ein paar Tagen von hier aus losgefahren war.

Zwischendurch hatte Mr Rosen kurz mit seiner Frau telefoniert. Aber erst, nachdem er ein paarmal vergeblich versucht hatte, mich zu einem Imbiss zu überreden. Ich saß mit geschlossenen Augen da, gefangen von diesem Summton in meinem Kopf, und Mr Rosens Worte erreichten mich kaum. *Ja, wir waren dort – alles nicht einfach – eine furchtbare Sache – sie ist natürlich sehr mitgenommen ...* Satzfetzen.

Wir verließen den Highway, aber anstatt Richtung

Stadt zu fahren, lenkte Mr Rosen den Wagen um die Stadt herum zum nahen Fluss.

»Kennst du die Rote Fabrik?«, fragte er mich.

Ich nickte mit meinem bleischweren Kopf. Die Rote Fabrik war ein ehemaliger Fabrikkomplex aus dem vergangenen Jahrhundert, rot deshalb, weil sie aus roten Backsteinen gebaut war. Sie lag unmittelbar am Phoenix River in der Valencia Street. Oya und ich waren mal dagewesen, weil es in besagter Valencia Street einen ziemlich guten Kleidung-per-Kilo-Shop gab. Heute war in der Roten Fabrik ein alternatives Theater untergebracht. Und eine kleine, private Musical-Schule. Und solche Sachen. Kneipen, ein etwas schäbig aussehender Buchladen, eine Steppschule. Selma und Gretchen tanzten dort, das hatte Mercedes mir mal erzählt.

»Ich habe noch ein kleines Appartement da. Sozusagen aus Collegetagen konserviert. Zusammen mit Mateo. Ich zeig's dir mal. Vielleicht ist es ganz gut zum Durchatmen heute Nacht. Schick deiner Mutter bitte eine SMS.«

Gleich darauf waren wir da. Benommen und steif stieg ich aus dem Wagen. Ein Weg aus abgetretenen Ziegelsteinen führte zum Seiteneingang eines kleinen Anbaus der Roten Fabrik, auf den wir zusteuerten. Der Himmel über uns war schwarz und sternenlos und trostlos.

Ich lief wie in Trance. Len … Myron … Raymond … In meinem Inneren war nichts als Schmerz. – Mein

Vater, ein toter Lebender? Oder ein lebender Toter? Ich musste an Oyas Worte am Telefon denken.

Überhaupt an Oya. Ich fing schon wieder an zu zittern.

Mr Rosen half mir über die Türschwelle. Und kochte Tee. Und richtete mir ein Bett. Und dann saß er vor mir, seufzte, betrachtete seine Hände, strich mit einem Daumen über den anderen, und irgendwann griffen seine Finger ineinander wie die Zahnräder eines alten Uhrwerks.

»Was mache ich nur mit dir?«

»Dass das geht …«, flüsterte ich.

»Was meinst du?«

»Dass ein Mensch *so* leben kann. Leben, ohne zu leben.«

Mr Rosen nickte traurig.

»Ich denke, der Tod deines Bruders hat etwas in ihm ganz schrecklich zerbrochen. Vielleicht alles«, sagte er schließlich. »Und es … es steckt immer noch in ihm und hat ihn in das verwandelt, was er heute ist.«

Ich hob den Kopf.

»In ein Wrack«, stieß ich hervor. »In ein zitterndes, schlafwandelndes, blickloses Wrack!«

Dann weinte ich wieder. Und irgendwann lehnte ich mich vor und vergrub mein Gesicht in Mr Rosens Schoß. Zuerst wich er zurück, aber dann legte er seine Hände doch auf meinen Kopf und streichelte meine Haare. Und meine verspannten Schultern. Und dann umarmten wir uns ganz vorsichtig. Mr Rosens lockige, weiche

Haare fielen in mein Gesicht. Ich legte meinen Mund auf seinen und hielt mich an seinem warmen, festen Nacken fest. Seine Lippen fühlten sich rau an. Er roch gut, das war mir schon den ganzen Tag aufgefallen.

Wir lagen jetzt nebeneinander auf dem alten Futonbett, waren einander zugewandt und küssten uns immer weiter. Meine Augen waren geschlossen, und immer noch zitterte ich am ganzen Körper, aber diesmal nicht vor Verzweiflung. Mit aller Gewalt verdrängte ich die Erinnerung an den vergangenen Tag, an Raymond, der mich nicht wahrgenommen hatte, an Marjorie, die müde und alt und resigniert aussah, an Myron, der so harmlos getan hatte.

Meine Brustwarzen hatten sich aufgerichtet, dass es fast wehtat, und ich schob Mr Rosens warme, gute, vertraute Hand unter meinen Pulli.

Da sagte er etwas.

Was Mr Rosen sagte, ehe er Elija wurde:

»Oh, Kassandra, ich verliere die Kontrolle …«

Hinterher lagen wir schweigend da. Mein Körper vibrierte immer noch nach diesem – Erlebnis.

»Oh, Kassandra«, sagte Elija wieder. »Das war Wahnsinn. Das … das hätten wir niemals tun dürfen.«

Es war Nacht und ich fühlte mich, trotz allem, was ich in den letzten vierundzwanzig Stunden erlebt hatte, glücklich. Noch nie war etwas so eindeutig gut gewesen wie das, was gerade passiert war.

»Elija …«, sagte ich und hatte Herzklopfen dabei.

Es war immer noch ziemlich dunkel im Zimmer,

aber trotzdem konnten wir uns ansehen. Und das taten wir. Zum ersten Mal, seit wir begonnen hatten, uns zu küssen, sahen wir uns wieder in die Augen.

»Ich habe die Kontrolle verloren, Kassandra«, sagte Elija zum dritten Mal. Unsere Fingerspitzen berührten sich ganz sachte, streichelten sich, und wieder begannen wir uns zu küssen, viel heftiger noch als beim ersten Mal. Ich schaute ihn an, erschrocken über die Gefühle, die das Küssen in meinem ganzen Körper auslöste, und plötzlich sah ich etwas in seinen Augen. Eine Sehnsucht, vielleicht? Konnte das sein? Und indem wir ein zweites Mal zusammen schliefen, vergegenwärtigte ich mir, dass das, was eben passiert war, nicht bloß ein Traum gewesen war.

»Ich … fahre dich jetzt nach Hause«, sagte Mr Rosen, nein – sagte Elija am Morgen, gleich im ersten Tageslicht. Er lächelte nicht mehr wie in der Nacht, im Gegenteil, sein Mund war eine dünne Linie wie sonst nur Rabeas Mund. Er hatte sich außerdem rasiert und seine Haare gebändigt.

»In … Ordnung«, erwiderte ich leise. Bücherregale, auch hier ein Klavier, Notenhefte, ein Bild von Virginia und Lucilla, auf dem beide lachen. Ich sah es an, und Elija sah es an. Die Kaffeemaschine machte sprotzende Geräusche. Es war Tag. Es war der Tag *danach*. Der Tag nach Raymond, der Tag nach Elija.

Ich hatte das Gefühl, ihn immer noch in mir zu spüren. Ich schloss für einen Moment die Augen und erinnerte mich an seine Augen, seinen Blick, als er in mich eindrang, an den Duft seiner Haut, an seine Haare, die an seiner verschwitzen Stirn klebten, und an meinen Namen in seinem Mund. Immer wieder.

Was ich gerne gefragt hätte:

Und was jetzt? Wie geht es weiter?

Aber ich fragte nicht, weil ich Angst vor der Antwort hatte. Die gerahmte Fotografie von Virginia und Lucilla Rosen auf dem Küchenfensterbord war Antwort genug. Da war ich mir sicher.

Kaum eine halbe Stunde später fuhren wir los und schwiegen immer noch.

»Immerhin isst du wieder. Und hast wieder ein bisschen Farbe im Gesicht«, war der wahrhaftig einzige Satz, der noch in Elijas kleinem, konserviertem Appartement in der Roten Fabrik zwischen uns gefallen ist, ehe wir aufbrachen.

Dabei hatte ich mich im Badezimmerspiegel gesehen. Meine Augen, mein ganzes Gesicht. Zum ersten Mal fand ich mich fast hübsch. Rabea, Oya, meine Großeltern in Maine, gerade erst wiedergefunden – und sogar Raymond, und mit ihm Marjorie und Myron –, alles war weit weg auf einmal.

Wahnsinnig schnell erreichten wir mein Viertel und die Sunland Road.

Und jetzt? Und jetzt? Und jetzt?

Zwei leise Fragen, zwei leise Antworten:

ELIJA: Ich habe dich nicht mal gefragt, ob du …
    verhütest?

ICH: ... nein ...

Ich sah das Entsetzen in seinen Augen.

ICH: Sehen wir uns wieder?

ELIJA: Um Himmelswillen, Kassandra. Aber ja, wir
gehen schließlich in dieselbe Schule ...

Er lächelte unglücklich und wich meinem Blick aus. Dann fuhr er in die Nachbareinfahrt, um Mrs Ward ihren alten Chevy zurückzubringen. Von dort aus würde er dann wohl ein Yellow Cap nehmen und nach Hause in die Hurlbut Street fahren. Und später würden Virginia und Lucilla zu ihm nach Hause kommen.

Ich drehte mich weg und ging ins Haus.

Was dort passierte:

Ich traf Rabea. Aber nicht Oya. Zuerst schwiegen wir, dann weinten wir, dann brüllten wir uns an, dann schwiegen, weinten, brüllten wir wieder. Es war wie Spießrutenlaufen.

Wo ist Oya? Wie konntest du nur? Warum hast du uns so wahnsinnig belogen? Wie konntest du mich Len vergessen lassen? Und Raymond alleine lassen? Es ist egal, wo ich letzte Nacht war! Du hast ihn nicht gesehen! Er sieht furchtbar aus! Und ich dachte mein Leben lang, er sei *tot*! Wie konnte das alles überhaupt passieren? Warum war ... Myron damals so wütend auf uns? Hör auf zu weinen! Sprich mit mir! Hörst du, sprich mit mir! Und wo ist, verdammt nochmal, Oya?

Oya war nach Göteborg geflohen. Zu Jonna Sjöborg.

Wegen Len und Raymond und Rabeas Lügnerei, und weil Billyboy gestorben war. Einfach so. Ohne etwas Weiteres zu verschlingen. Das sagte mir Rabea nach der dritten Runde Schweigen, Weinen, Brüllen.

Verdammt. Arme Oya. Billyboy, ihr Stromboli-Kater. Das gute, alte Vieh.

In meinem Zimmer lag ein Zettel, auf dem es stand: *Sorry, Kassandra, aber alles ist zu viel! Ich weiß noch nicht, wann ich wiederkomme. Scheiß auf die Schule! Oya! P. S. Darius hat ungefähr eine Milliarde Mal nach dir gefragt! Es war penetrant, aber er scheint dich echt zu mögen!*

Ich schob die Notiz zwischen ein paar herumliegende Schulsachen, während mich ein Stich durchfuhr: Schule! Noch vier Tage … Als Nächstes pinnte ich Amandas Fotografie von Len und mir neben mein Bett.

»Da bist du also wieder«, sagte Darius, als er am Tag darauf plötzlich vor der Tür stand, und lächelte mir zu. Natürlich hatte ich nichts von Elija gehört. »Auferstanden von den Toten, sozusagen.«

Ich zuckte wegen der Doppeldeutigkeit dieser Aussage zusammen, und Darius auch. Anscheinend hatte ihm Oya erzählt, was bei uns ans Licht gekommen war.

»Äh, darf man reinkommen?«

Ich nickte.

»Oh, du bist online?«, hakte Darius nach, weil mein Laptop eingeschaltet war und auf dem unaufgeräumten Wohnzimmertisch stand, und auf diese Weise erfuhr er von Achmed in Ankara. Misstrauisch runzelte er die Stirn.

Kaum eine halbe Stunde später kam auch noch Zelda.

»Meine Mom ist dir übrigens nicht böse wegen des Wagens«, sagte sie. »Oya hat uns das mit deinem Zwillingsbruder erzählt und dass du deshalb nach Maine zu deinen Großeltern musstest. Meine Mom versteht das und lässt dich grüßen. – War aber irgendwie verrückt, als gestern Morgen Mr Rosen stockesteif bei uns auftauchte, um den Wagen zurückzugeben. Meine Mom wollte ihn unbedingt auf einen Kaffee festnageln und ein bisschen ausquetschen, aber er hatte es eilig und ging gleich wieder.«

»Wieso Mr Rosen? Was hat der denn mit dem Auto deiner Mutter zu schaffen?«, fragte Darius verwundert und warf mir einen Blick zu. Er ist kein großer Fan von Zelda Ward. Sie ist ihm zu träge, zu schwerfällig, zu verfressen und so weiter.

Ich wich Darius' Blick aus und hörte stattdessen Zelda zu, wie sie es erklärte: Mr Rosen, zufällig ebenfalls in Maine, weil auf traditionellem Familienbesuch, wie er mich eingesammelt und mir – ganz der gute Vertrauenslehrer – zur Seite gestanden hatte in Sterling Heights.

Ich spürte ein heißes Ziehen in meinem Bauch. Oh, Elija.

Hastig schob ich eine DVD in das Abspielgerät. *Die*

Royal Tenenbaums. Ein Film, den Oya mochte und den ich noch nicht kannte. Er hatte auf dem Tisch gelegen, als ich nach Hause gekommen war. Ein Film über eine Familie voller Wunderkinder. Sergio hatte ihn Oya zum fünfzehnten Geburtstag aus Stromboli geschickt.

He, Kassandra, bist du mir untreu geworden? Ich sehe, du bist noch online, aber du schreibst nicht mehr ..., beschwerte sich Achmed zwischendurch.

Sorry, melde mich später!, schrieb ich zurück und klappte den Laptop zu.

»Bist du sicher, dass er nicht den Taliban oder ähnlich Wahnsinnigen angehört?«, hakte Darius skeptisch nach.

»Ja«, sagte ich. Und bekam Kopfschmerzen.

Schule. Und Sonnenschein. Und blauer Himmel. Und das Ende Januar. Wahnsinn.

Rabea war wieder bei ihren Strafgefangenen.

»Ich mag sie. Sie sind laut, böse, wild, fordernd«, hatte sie mir gestern unvermittelt erklärt, während sie sich zum Losgehen fertigmachte. Es war der erste ruhige Satz seit unserem Spießrutengebrüll, Geweine, Geschweige. »Sie wollen etwas. Leben. Da sein. Über sich selbst bestimmen. Einen Platz auf dieser Welt. – Damit kann ich umgehen. Verstehst du, Kassandra?«

Sie sprach mit keinem Wort von Raymond, aber sie dachte an ihn. Und ich auch.

Marjorie hat mir zum selben Thema geschrieben und mich eingeladen wiederzukommen. In den nächsten Ferien. Oder wann immer ich Zeit hätte. Myron würde mich angeblich auch gerne wiedersehen. Und dann war da natürlich – mein Vater. Marjorie schrieb, dass sie ganz in der Nähe von Sterling Heights ein kleines Haus habe, seit Geoff, ihr Mann, gestorben sei. Warum hatte sie Raymond eigentlich nicht bei sich aufgenommen, schoss es mir durch den Kopf.

»Elija, jetzt, wo ich ihn wiedergefunden habe, verliere ich ihn endgültig. Meine Erinnerungen verschwinden hinter dem heutigen Raymond, wie er dasaß und mich nicht sah.«

Ich hatte es getan. Ich war in der ersten Pause am ersten Schultag nach den Winterferien hinauf zu Elija in sein privates Arbeitszimmer gegangen. Fast alle Lehrer hatten so ein Kabuff, wie die Schülerwelt diese kleinen Räume im Hauptbau oben unter dem Dach nannten.

Ich sagte den Satz über Raymond ohne Einleitung, weil ich keine hatte. Mein Herz klopfte zum Zerspringen. Elija saß über einen Stapel Hefte gebeugt. Als er mich sah und hörte, fuhr er zusammen, sprang auf, spähte in den leeren Flur hinaus, zog mich dann herein und schloss hastig die braune Tür hinter uns.

Seine Hand war immer noch an meinem Arm, und ich roch den Duft seines Aftershave. Seine hellbraunen Augen sahen heute alles andere als beruhigend aus. Stattdessen nur erschrocken und unglücklich. Unter seinen Augen waren ungewohnte, dunkle Schatten.

149

»Kassandra …«, sagte er schließlich, aber da hatte er meinen Arm längst losgelassen.

»Ja?«

»Oh, Kassandra …«

Wir sahen uns an. Würde er etwas sagen? Oder ich? Er.

Besser so.

Meine Kehle war wie zugeschnürt auf einmal.

»Virginia und Lucilla sind wieder da. – Virginia … lässt dich grüßen.«

Ein schwerer Satz. Zu sagen und ihn sich anzuhören.

Wir sahen uns immer noch an. Elija hatte einen Schweißfilm an den Schläfen. Wie die Jungs im Sportunterricht. Ich starrte darauf und hätte seine Schläfen gerne berührt mit meinen Händen, meinen Fingerspitzen, aber ich tat es nicht. Es war verboten, wieder verboten, das spürte ich deutlich an jedem Atemzug, der sich zwischen uns bewegte.

»Kassandra, ich mache mir solche Vorwürfe«, sagte Mr Rosen schließlich leise. »Ich … ich … hätte das niemals tun dürfen. Ich fühle mich hundeelend. Ich habe Angst, dass du denkst, ich hätte deine Schwäche und deine Traurigkeit ausgenutzt, um mit dir … also, um …«

Oh, bitte, sprich nicht weiter, dachte ich tonlos.

Aber den Gefallen tat er mir nicht.

»… du hast dich an mich gewandt, weil du Unterstützung brauchtest, weil ich der Vertrauenslehrer dieser verdammten Schule bin … Wenn ich daran denke, was passieren würde, wenn jemand erführe, dass wir …«

Da lehnte ich mich einfach an ihn, meine Stirn gegen seinen dunklen Pulli.

»… dass wir miteinander geschlafen haben«, beendete er noch leiser seinen Satz, und ich fühlte seine Stimme mehr, als dass ich sie hörte. Dann umarmten wir uns.

Ich presste mich fest an ihn. Und ich spürte sein Glied an meinem Körper, wie es hart wurde, wie es sich ebenfalls gegen mich drängte.

»Nein!«, stoppte Elija den Verlauf der Dinge und schob mich fast wütend von sich.

Elijas erklärende Worte:

Das alles war mir passiert, weil: ich in einer Ausnahmesituation war, weil ich aufgewühlt war, weil ich Nähe suchte zu jemandem, der mir stark erschien. Und ihm: weil ich ihn berührt hatte in meiner Not, weil ich zart und beschützenswert sei, weil er das merkwürdige Gefühl hatte, mich schon immer zu kennen, weil ich bezaubernd sei.

Aha.

»Aber ich … ich liebe meine Frau, Kassandra«, sagte er abschließend. »Verstehst du? Und mir ist … so etwas noch nie passiert! Es ist unmoralisch und verboten und verwerflich! Kein Lehrer darf ein – ein Verhältnis mit seiner Schülerin anfangen, um Gottes Willen …«

Das Klingeln der Pausenglocke mischte sich aggressiv in seine aggressiven Worte.

151

Und was tat ich? Ich nickte und ging.

Jetzt hatte ich doch meine Antwort.

Drei Geschichtsstunden kamen und gingen, in denen Elija mich kein einziges Mal anschaute. Draußen roch die Luft nach dem hoffentlich bald kommenden Frühling, und ich fühlte mich schlecht. Dabei hatte ich meine Periode bekommen. Es war also nichts passiert.

»Was ist denn nur mit Good-old-Rosy los?«, flüsterte Selma mir in der dritten Geschichtsstunde – Thema Amerikanische Revolution 1763-83, Boston Tea Party und so – zu und deutete verstohlen auf Elija, der an ein Fenster gelehnt dastand und, wie wir alle, einem Kurzreferat von Mercedes Grasmere lauschte. Seine Haare waren in blassen Sonnenschein getaucht.

»Was ... was meinst du?«, flüsterte ich zurück.

»Oh, er ist irgendwie mies drauf derzeit, oder? Immer diese Leichenbittermiene.«

»Selma ... Kassandra, bitte!«, sagte Elija in diesem Moment.

Ich schwieg benommen, als sein Blick für diesen einen Augenblick meinen streifte.

Was sollte nur werden?

Nächste Woche würde die gesamte Woodrow-Wilson-School an einer landesweiten Mathematikpyramide teilnehmen. Sämtlicher normale Unterricht war für diese Zeit ausgesetzt. Überall hingen zu diesem Thema

Infoplakate an den Schulwänden. Oyas Debattierclub der Freunde der Zahl Pi hatte ebenfalls einen Flyer erstellt und machte eine eigene Veranstaltungsreihe. Brendan hatte mich schon ein paarmal genervt auf Oyas Verbleib angesprochen.

Lediglich mein Jahrgang war ausgeschlossen, da wir in der gleichen Woche einen Vorbereitungskurs für unseren SAT, *den* Einstufungstest für Studienanwärter, haben würden.

»Kassandra?«

»He, Kassandra, Rosyposy ruft dich ...«, sagte Gretchen, Selmas Schwester, mit der wir die Pause verbrachten, und zupfte mich am Ärmel.

Ich fuhr herum und sah ihn. Er stand in Jeans und weißem T-Shirt in der Tür zur Cafeteria und winkte mir zögernd zu.

»Was will der denn schon wieder?«, sagte Mercedes, während sie sich ihr Esstablett schnappte. »Wär echt prima, wenn einen die bekloppten Lehrer wenigstens in den Pausen mal in Ruhe ließen, oder?«

Logisch, dass Mercedes gereizt war. Elija hatte ihr auf ihr Referat, das sie erst am Morgen via Smartphone-Wikipedia-Internet-Recherche in knapp zehn Minuten zurechtgebastelt hatte, eine nur mittelmäßige Note verpasst.

Meine Beine fühlten sich so an, wie sie sich früher angefühlt hatten, wenn ich Fieber gehabt hatte und nachts aus meinem in Rabeas Bett gewankt war, um nicht alleine zu sein.

»Es sei denn, es wäre Lucky Luke«, seufzte Gretchen und meinte natürlich Mr Walenta. Mehr bekam ich nicht mit, denn ich war schon zur Tür gegangen, wo Elija auf mich wartete.

»Kassandra – hast du kurz Zeit? Es geht um Oya«, sagte Elija, und er sah mich halb an und halb nicht an.

»Um Oya?«

Meine Stimme klang wackelig, während Elija nickte. Nebeneinander gingen wir durch den Gang des Pavillons, dann über ein Stück asphaltierten Schulhof und dann ins Hauptgebäude.

Eine sehr leise Frage, eine sehr leise Gegenfrage, eine herausgepresste, minimalistische Erklärung, eine leise Antwort:

»Ist ... ist alles in Ordnung bei dir?«

»Was?«

»Ich meine, weil wir ... nicht ... verhütet haben ...«

Er sah gequält aus.

»Alles in Ordnung«, murmelte ich.

Was taten wir? Wohin nahm er mich mit? Etwa ins Obergeschoss? In sein – Kabuff?

Ich konnte kaum atmen.

Einmal berührten sich beim Gehen unsere Arme.

Dann waren wir da, und Elija schloss die braune Tür hinter uns. Nein, er schloss sie nicht nur. Er schloss sie ab, mit seinem Lehrerschlüsselbund. Ich hörte es und hielt die Luft an.

»Ichweißjabereitsvondeinermutterdassoyazurzeit-
inschwedenistweilsiedurchdiegeschichtemiteurem-
vatersoaufgewühltist…«

Ja?

Ich starrte Elija an.

»…aberjetztisteineweilevergangenundnächstewo-
chestartetdiesemathematikpyramide…«

Ja?

Elija räusperte sich und sah mich nicht an, während
er sprach.

»Kassandra, ich werde heute am Spätnachmittag bei
euch vorbeikommen, um mit deiner Mutter über Oya
zu sprechen. Und darüber, wie es weitergeht. Ich *muss*
das tun. Ich bin Oyas Klassenlehrer in diesem Schuljahr. Ich wollte nur, dass du weißt, dass ich komme …
Ich wollte nicht einfach so vor der Tür stehen, verstehst du?«

Ich nickte langsam.

»… und Kassandra? Da ist noch etwas: Virginia will
dich in den nächsten Tagen anrufen und fragen, ob du
am Wochenende Zeit zum … Babysitten hast. Wir …
wir sind da nämlich auf eine Hochzeit eingeladen …«

Jetzt klang Elijas Stimme wackelig.

Und dann umarmten wir uns plötzlich.

»Nein, es geht nicht. Es darf nicht sein«, flüsterte er
leise, und seine Stimme klang schon wieder mehr wütend als wackelig. Trotzdem ließ er mich nicht wirklich
los. »Ich habe mich im Internet schlau gemacht, ich
habe eine Menge gelesen, Kassandra. Es hat nicht nur

für mich verheerende Folgen, wenn Lehrer und Schülerin … Ich meine, es geht auch um deine Zukunft, um …«

Während er das sagte, küsste er mich und streichelte mich und wir zogen uns gegenseitig aus, und immer waren unsere Münder fest aufeinandergepresst. Sogar beim Sprechen. Ich spürte Elijas Atem, der sich mit meinem vermischte. Er stöhnte leise auf.

»… ich bin ja nur noch vier Monate deine Schülerin«, sagte ich, als er in mich eindrang. »Und in zwei Wochen werde ich außerdem achtzehn …«

Ich verpasste mehr als die Hälfte des Mathematikunterrichts bei Mrs Feuer.

»Warum kommst du so spät?«, fragte sie ärgerlich, als ich leise die Tür öffnete.

»Es ging um meine Schwester Oya. Ich … war bei ihrem Klassenlehrer – Mr Rosen. Er hatte mich zu sich gebeten.«

»Ach, ja. Richtig«, murmelte Mrs Feuer, die anscheinend tatsächlich Bescheid wusste, und ließ mich in Ruhe. Mrs Feuer unterrichtete auch die Hochbegabtenklassen und hielt große Stücke auf Oya, das wusste ich.

»Wie siehst du denn aus?«, fragte mich Selma, als ich mich auf den Platz neben sie schob, verwundert.

»Warum?«, flüsterte ich zurück und schob mir eine Haarsträhne aus dem Gesicht.

»Ich weiß nicht … Hast du vielleicht Fieber oder so? Du siehst irgendwie fiebrig aus …«

Brendan, zwei Tische weiter, beugte sich leutselig zu uns hinüber. »Mein Bruder Jordan sagt in so einem Fall immer: ›Hey, die Kleine sieht aus wie ein frisch geficktes Eichhörnchen!‹«

Er grinste uns zu. »Hätte ich Darius gar nicht zugetraut, dass er so rangeht! Am helllichten Tag mitten in der Schule! Mein lieber Mann!«

»Ferkel!«, sagte Selma angewidert zu Brendan.

Ich sagte gar nichts. Alles an mir duftete noch nach Elija, ich hatte das Gefühl, den Geruch seiner Haut förmlich auszustrahlen. Ich fühlte noch seine Küsse.

Kaum zu Hause, rief ich Marjorie in Massachusetts an.

»Warum lebt Raymond eigentlich nicht bei dir?«, fragte ich sie ohne viel Federlesens.

Okay. Anfälle. Raymond war nicht immer still und in sich gekehrt und völlig passiv, wie ich ihn erlebt hatte. Nein, ab und zu schrie er. Schrie und weinte und tobte und wurde gewalttätig gegen sich selbst.

Äh, genauer wollte ich es gar nicht wissen. Und zum Glück schien Marjorie das zu spüren. Darum hielt sie inne, und zum Schluss wiederholte sie nur erneut ihre Bitte, dass ich wiederkommen solle.

Ich versprach es. Aus ganzem Herzen. Wann auch immer, ich würde wieder hinfahren.

»Danke«, sagte Marjorie leise.

Der Spätnachmittag:
Elija kam.

Rabea hatte grünen Energietee, Marke *Earth Balance*, aufgebrüht. Und Biomuffins vom Biosupermarkt mitgebracht. Der Job im Gefängnis war, wie es aussah, recht lukrativ.

Ich musste an dieses neospirituelle Café in Maine denken, das *Yes!*. Dort hatte ich noch nicht im Traum daran gedacht, mit Elija zu schlafen, noch mich so in ihn zu verlieben.

Elija wich meinem Blick aus und redete über Oya.

Und dann redeten er und meine Mutter über Raymond. Erstaunlich, wie oft und ausführlich plötzlich über meinen Vater gesprochen wurde, der bis vor kurzem noch tot und begraben gewesen und jahrelang mit keiner Silbe erwähnt worden war.

»Danke, dass Sie Kassandra an diesem Nachmittag begleitet haben. Ich hätte es gerne selbst getan, aber wie die Dinge lagen …«, sagte Rabea gerade. Lügnerin!

Ich versuchte, Elija anzusehen, aber ich schaffte es nie länger als zwei, drei, vier Sekunden. Dann musste ich den Blick senken, weil mir schwindelig wurde. War so Liebe? So schmerzhaft? So aufwühlend? Fast krank machend? Online hatte ich einen bescheuerten Bericht über eine Schülerin in San Francisco gelesen, die mit ihrem Lehrer durchgebrannt war. Alles in diesem Artikel hatte idiotisch geklungen. Reißerisch und abgedroschen.

»Wo liegt eigentlich Ihr … kleiner Sohn begraben?«, fragte Elija plötzlich und riss mich damit aus meinen

Gedanken. »Vielleicht wäre es für Sie alle gut, einmal gemeinsam dorthin zu gehen. Ich meine, Sie und ihre beiden Töchter.«

Aber Rabea war eben Rabea.

Sie

hatte

Lens

Asche

über

dem

Atlantik

verstreuen

lassen.

»Er … war ein wilder kleiner Junge. Er … war verrückt nach dem Meer. Stundenlang konnte … er in den Wellen toben.«

Ich schaute Rabea an. Warum nur hörte ich das zum ersten Mal?

Dann wandte ich meinen Blick Elija zu, weil ich spürte, dass er mich zum ersten Mal an diesem Nachmittag ansah.

Und er sah mich mitleidig und voller Liebe und Sorge an.

Ich schaute zurück und lehnte mich an seinen Blick an.

Drei Begegnungen:

Begegnung eins: Ich begegnete Virginia Rosens Stimme am Telefon.

»Kassandra? Wie gut, dass ich dich erreiche!«

»Ach, Mrs Rosen …«

»Virginia! Nicht Mrs Rosen! Ich werde mich doch vom Lieblingsbabysitter meiner Tochter nicht beim Nachnamen nennen lassen!«

Sie lachte fröhlich, und dann erzählte sie mir, was ich schon wusste: dass sie und – Elija zu einer Hochzeit eingeladen seien, und ob ich darum vielleicht den Samstagabend bei Lucilla bleiben könnte.

Sie küsste ihn. Sie schlief mit ihm. Sie ließ sich von ihm streicheln. Sie wusste, wie es sich anfühlte, seinen Atem im Gesicht zu spüren. Sie wusste mit Sicherheit auch, wie es sich anfühlte, wenn seine Fingerspitzen ihre Brust berührten.

Das alles wusste ich auch.

Ich musste mich zusammenreißen, um nicht zu weinen.

»Kommst du, Kassandra? Ich meine, hättest du Samstagabend Zeit?«

»Ja. Klar«, sagte ich leise und gab mir Mühe, ebenfalls vergnügt zu klingen.

Begegnung zwei: Ich begegnete Milt Bennett.

»Du bist die, die ohnmächtig wurde, als ich mein Gedicht vorgetragen habe. Beim Poetry Slam. Stimmt's? Ich vergesse nämlich nie ein Gesicht. Ich habe eine riesige Gesichtsdatei intus.«

»Ja. Du hast recht. Die war ich. – Sorry, wenn ich deinen Vortrag gestört habe …«

»Ist schon okay. Ich hab es darauf geschoben, dass ich so gut war.«

Er lächelte mir zu. Komisch, er war überhaupt nicht hübsch, hatte nicht Augen wie Darius oder ein schmales, ernstes Gesicht mit hoher Stirn und Locken wie Elija, aber wenn er lächelte, sah er trotzdem schön aus. Auf eine sehr einnehmende Art.

»Mein Gedicht ging um den Autounfall, bei dem mein Vater starb. Hast du's rausgehört? Ich habe es ziemlich versteckt reingepackt. Mein Vater war tot – und ich? Halbtot, würde ich sagen. Sie haben annähernd zwei Stunden gebraucht, mich aus dem Wagen herauszuschneiden. Blöde Sache, das. Aber Joanne Rowling zufolge kann ich jetzt wenigstens Testrale sehen. Und das ist doch auch was.«

Er lachte, winkte mir zu und ging, beziehungsweise humpelte, weiter. Nach ein paar Schritten drehte er sich noch einmal um. »Du kannst sie auch sehen, hab ich recht? Testrale, meine ich ...«

Begegnung drei: Darius. Wir begegneten uns am Freitagvormittag in der McKinley-Wildnis. Es war noch früh, und die Tautropfen im Gras glitzerten ...

»... wie Diamanten, was?«, sagte Darius und blieb vor mir stehen. »Ein toller Morgen, ein vampirblasses Mädchen – was will man mehr?«

Darius lächelte mir zu. »Was schwänzt du? Und wie war das mit dem Sex, den wir neulich angeblich in der Schule hatten und wegen dem du todesmutig

161

Mrs Feuer, den Rechtschaffenheitsdrachen, angelogen hast? Brendan hat mir da so Andeutungen der besonderen Art gemacht.«

Ich schwänzte gar nicht, zwei Englischstunden bei Mrs O'Bannion fielen kurzfristig aus – und Elija stand am Schwarzen Brett ebenfalls als für den Tag fehlend. Die anderen aus meinem Kurs waren alle zu *Dunkin' Donuts* frühstücken gegangen, aber ich hatte es nicht über mich gebracht, mit ihnen zu gehen.

»Was ist bloß los mit dir in letzter Zeit?«

Dieser Satz war von Selma gekommen, aber ich hatte nur mit den Schultern gezuckt. Warum war Elija heute nicht in der Schule? War er krank? Oder war es meinetwegen? Hatte er am Ende mit seiner Frau gesprochen? Bei diesem Gedanken wurde mir übel. Würde er sang- und klanglos verschwinden, um *das Problem Kassandra* endgültig aus der Welt zu schaffen? War er meiner überdrüssig? Schließlich hatte er es mir ausdrücklich gesagt: Er liebte seine Frau.

In meinem Kopf begann es zu dröhnen.

Natürlich liebte er sie: Sie kannten sich schon ihr ganzes Leben, sie hatte sein Kind geboren, das er ebenfalls liebte, sie war wunderschön, sie hatte diese wahnsinnigen, feuerroten, hochgesteckten Haare und nicht zuletzt einen schönen, wohlgeformten Hinguckbusen.

»He, Kassandra mit den Hexenaugen«, sagte Darius. »Steh nicht rum und starre Löcher in die Luft. Was ist los mit dir? Immer noch wegen deines toten Bruders? – Los, wer zuerst am Steinbruch ist, hat gewonnen. – Das mit deinem Bruder tut mir wahnsinnig leid, Kassandra, glaub mir! Aber das Leben geht dennoch weiter! Immer! Unweigerlich! Hinfallen, aufstehen, Krone richten, weitergehen! Verstehst du?«

Raymond? Hörst du, was Darius sagt? Bestimmt haben das alle auch zu dir gesagt, wieder und wieder, aber genützt hat es in deinem Fall nichts! Warum nicht?

Darius rannte unterdessen los, und ich ging ihm langsam hinterher.

So kamen wir nach und nach zu Darius' Höhle, in der ein paar neue Dinge herumlagen. Drei Bücher (eins über den Islam, einmal *Baseballtraining – Eine Sammlung von über 300 Drills* und ein Lehrbuch *Gitarre für Anfänger*). Außerdem die zu Buch drei gehörende Gitarre.

»Du spielst?«, fragte ich überrascht.

»Jepp, seit einer Weile. Es kam so über mich. Als Ergänzung zum Sport, sozusagen«, sagte Darius. »Willst du was hören? Oder würdest du alternativ lieber – sagen wir – mit mir schlafen?«

Er lachte kurz auf, aber dann lachte er nicht mehr, sondern griff stattdessen nach der Gitarre, packte sie aus und begann zu spielen, ohne mich anzusehen. Zuerst spielte er *Morning has broken* und anschließend *Lucy in the sky with diamonds*.

Und dann? Dann schliefen wir miteinander. Einfach so.

»Worauf wartest du eigentlich so lange?«, hatte Oya mich gefragt, damals, nachdem sie in Fontainbleau mit

Clément geschlafen hatte. Ich hatte darauf keine Antwort gehabt. Auf den Richtigen? Das klang irgendwie überheblich und lächerlich romantisch. Aber dennoch war es der Wahrheit am nächsten gekommen.

Hinterher lagen wir nebeneinander unter einer grünen, ausgefransten Baumwolldecke, die Darius aus einem Winkel seiner grünen Höhle hervorkramte.

»Hey, Kassandra«, sagte er leise. Mehr nicht. Er schnupperte an meinen Haaren und meiner Halsbeuge und schob seine Hand behutsam unter mein halb hochgeschobenes Longshirt. Seine Finger waren raue Jungenfinger, und sie streichelten irgendwie unbeholfen meine Brust in meinem Körbchengröße-A-BH, den ich immer noch anhatte.

»Das war schön«, sagte er dabei leise.

Ich schwieg, weil ich an Elija denken musste.

»Und dir, hat es dir auch gefallen? – He, Kassandra?«

Ich nickte.

Darius sah erleichtert aus. Und dann fragte er doch tatsächlich nach Achmed. Ob da wirklich nichts wäre. Er hätte dauernd die Vision, dass ich in irgendeiner Weise mit diesem Achmed in Ankara verbandelt sei. Darum auch das Islambuch. Er habe sich bisher nur wenig mit Menschen dieser Glaubensrichtung befasst.

Ach Darius, dachte ich und legte meine Stirn an seine Schläfe. Das hier war wenigstens erlaubt.

Samstagabend. Ich war mit Mrs Wards Wagen gekommen, und mir war übel vor Anspannung.

VIRGINIA: Da bist du ja! Sieh mal, Lucy, wer da
gekommen ist!

ICH: Hallo. Tut mir leid, dass ich ein bisschen spät bin.

VIRGINIA: Aber nein, tausend Dank, dass du überhaupt Zeit hast. Auch noch an einem Samstagabend! Ich weiß noch, als ich in deinem Alter war:
Die Samstagabende sind in dieser Zeit praktisch
heilig.

ICH: Ist schon in Ordnung, ich hatte nichts vor. –
Hallo, Lucy.

VIRGINIA: Sie hat schon gegessen, aber ich habe
Milch und Kekse rausgestellt, falls sie noch etwas
will vor dem Schlafen.

ICH: In Ordnung.

LUCILLA: Daddy?

VIRGINIA: Ja, wo steckt dein Daddy eigentlich?
Das ist eine gute Frage, Lucy. – Elija? Elija, wir
müssen los! Kassandra ist gekommen! Willst du
nicht runterkommen und Hallo sagen?

ICH: … ist schon okay …

VIRGINIA: Ist es nicht! – Elija?

Aber er kam nicht. Gleich darauf hupte es draußen
in der Ausfahrt.

VIRGINIA: Was ist denn los mit ihm heute? Tut mir
leid, Kassandra, bestimmt hat er gar nicht genau
gehört, was ich gerufen habe …

Zwei Mal rief Virginia von der Hochzeitsfeier aus auf
meinem Handy an. Und als sie wiederkamen, war es
weit nach Mitternacht.

VIRGINIA: Elija hat schreckliche Kopfschmerzen,
Kassandra. Er ist durch den Hintereingang gleich
nach oben gegangen, um sich hinzulegen. –
Wie ist es: Willst du noch nach Hause fahren?
Wenn du zu müde bist, könntest du selbst-
verständlich auch in unserem Gästezimmer
übernachten und morgen mit uns frühstücken.
Wir würden uns sehr freuen.

Ich schüttelte den Kopf und machte mich auf den Weg in die Sunland Road.

Elija wollte mich nicht sehen, so viel stand fest.

Ich stellte mir vor, wie Mrs Rosen jetzt zu ihm ins Bett schlüpfte. Ob er schon schlief? Oder ob er noch wach war?

Auch in der Schule wich er mir aus. Die ganze Woche über, in der mein Jahrgang für den Collegetest lernte. Ich sah ihn ein paarmal von weitem, mehr nicht.

Du fehlst mir so, schrieb ich ihm in einer SMS, aber ich bekam keine Antwort.

Am Mittwochnachmittag ging ich nach dem SAT-Vorbereitungskurs zusammen mit Selma, Gretchen, Mercedes und Zelda, die sich uns ebenfalls anschloss, zur Theater-AG. Dort hatten Mr Walentas Proben zu *Endstation Sehnsucht* von Tennessee Williams begonnen.

Die Hauptrolle ist die verrückte Blanche DuBois, die im Laufe der Geschichte den Verstand verliert und zum Schluss in eine psychiatrische Heilanstalt einge-liefert wird. Ich musste, obwohl ich es nicht wollte, an meinen Vater in Sterling Heights denken. Eine Gänsehaut überlief mich.

Ich schaute zu Flavia Cool hinüber, die die Blanche spielen würde. Flavia hatte auch beim Poetry Slam mitgemacht. Sie hatte schwarzlila gefärbte Haare, die sie ähnlich hochsteckte wie Virginia Rosen es tat, nur dass Flavia sich an beiden Schläfen und an der Stirn jeweils eine lila Strähne herausgezogen hatte. Sie sah sehr gut aus, soviel stand fest.

Mercedes würde Stella sein, Blanche DuBois' Schwester, die ihrem Ehemann Stanley Kowalski, einem Arbeitersohn polnischer Einwanderer, sexuell verfallen ist.

»Hi, Kassandra«, begrüßte mich Milt, der Stanley Kowalski spielen würde, und schaute gleich wieder zurück in seine Textunterlagen.

»Eine durch und durch abgefahrene Story«, sagte Flavia, die das Textbuch bereits gelesen hatte. »Ich liebe so Psychokram! Blanche war früher Lehrerin, aber nach einer Affäre mit einem Schüler wird sie entlassen. Und nach und nach dreht sie durch. Sie zieht zu ihrer Schwester und ist angewidert von Stanley, deren Ehemann. Sie findet ihn einfach ekelhaft und gewöhnlich. Stanley zahlt es ihr heim, indem er das mit der Schüleraffäre herausfindet. Er zerstört ihre neue Beziehung, die gerade erst entsteht, und später vergewaltigt er sie, und keiner glaubt ihr ein Wort. Zum Schluss dreht sie einfach komplett durch.«

»Mr Shoemaker wird ebenfalls komplett durchdrehen, wenn er das Stück sieht«, sagte Selma. Die anderen lachten. Jeder wusste, wie prüde und puritanisch unser Schulleiter war. Nur ich lachte nicht. Ich dachte an das, was Flavia gesagt hatte. Blanche DuBois war entlassen worden, nachdem herausgekommen war, dass sie eine Affäre mit einem Schüler gehabt hatte.

Im Internet standen ähnliche Geschichten.

Oh, Elija.

Aber bei uns war es anders. Was uns verband, war keine – Affäre. Und außerdem wusste keiner davon. Und im Grunde war ja, wie es aussah, alles schon wieder vorbei.

»Was hast du?«

Selma warf mir einen Blick zu.

»Nichts.«

Sie und ich würden kleine Nebenrollen haben. Zwei Barfrauen, keine Sprechrollen.

»Aber beim nächsten Stück«, sagte Mr Walenta und lächelte uns zu.

»Achtung, sein Sexblick«, flüsterte Mercedes uns zu.

Gretchen sollte Stellas Freundin Eunice aus dem Obergeschoss darstellen.

Und Zelda? Sie würde soufflieren.

Valentinstag: Tag der Liebenden. Das Brauchtum dieses Tages geht, laut Wikipedia, auf einen oder mehrere christliche Märtyrer namens Valentinus (in Frage kommen vor allem Valentin von Terni oder Valentin von Viterbo) zurück, die der Überlieferung zufolge das Martyrium durch Enthauptung erlitten haben.

Und daraus wurde dann Jahrhunderte später ein Blumen- und Liebesschwürepostkartentag? Verstehe einer die Welt.

In Great Emeryville waren an diesem Tag – weit zurückliegende, makabre Enthauptungen hin oder her – straßauf, straßab massenhaft noch winterkahle Bäume mit wahren Fluten von roten Plastikherzen behängt.

»Romantisch«, sagte Selma seufzend.

Grattis på födelsedagen, Kassandra!, schrieb mir Oya via Internet aus Göteborg, wo sie derzeit Jonnas Gymnasium aufmischte, in dem sie dort die Hochbegabtenabschlussklasse besuchte, sich also mit Leuten umgab, die alle älter waren als sie selbst, und dabei dennoch alle Leistungsrekorde brach. Und das Ganze auch noch auf Schwedisch.

»Geburtstag am Valentinstag, schwer romantisch, Miss Armadillo«, sagte Darius kopfschüttelnd und schenkte mir eine rote Rose, eine CD und ein zugekorktes Fläschchen mit körnigem Sand aus der McKinley-Höhle. Er lächelte mir vielsagend zu, während er es mir überreichte.

Edgar Nash, der Reptilienforscher aus Milwaukee, schickte mir eine seiner üblichen Grußkarten, und Sergio Milazzo hatte mir über Amazon eine neue italienische Krimireihe zukommen lassen, weil ich in den lang vergangenen Strombolitagen ein großer Krimifan gewesen war.

»Verstehst du das?«, fragte Zelda neugierig und blätterte in einem der Bände.

»Geht so«, sagte ich, aber ich brachte die Bücher schon jetzt gedanklich in Oyas derzeit verwaistes Zimmer. Sie war das Sprachgenie. Und sie liebte alles, was von Sergio kam.

Meine Mutter nahm mich zögernd in den Arm, nachdem sie mir ihre Geschenke überreicht hatte.

»Alles Gute zum Achtzehnten, trotz allem …«, sagte sie. Dann weinte sie, weil ihr Blick auf das kleine Foto von Len und mir gefallen war.

Wenn das alles nicht herausgekommen wäre, wenn dieses Bild nicht hier sichtbar gehangen hätte, wenn alles immer noch gewesen wäre, wie es war, ehe Oya und ich erfuhren, was vor vierzehn Jahren an diesem schrecklichen Spätsommertag geschehen war, hätte sie heute nicht geweint. Zumindest nicht öffentlich. Soviel stand fest. Rabea war mir nach wie vor ein Rätsel.

Happy Birthday, Len. – Wo auch immer du jetzt bist! Du fehlst!

Ian, Amanda und Marjorie riefen mich nacheinander an. In meinem Kopf drehte sich alles, was nicht nur von dem Sekt kam, den Darius großzügig ausschenkte. Wie viele Menschen da auf einmal waren in meinem Leben, im Leben der Weltenbummlerin wider Willen.

Nur Elija rührte sich nicht, obwohl ich immer wieder auf das Display meines Handys schaute.

Achmed hatte mir per E-Mail ein echt türkisches Geburtstagspäckchen angekündigt, das auf dem Weg zu mir sei.

»Was immer drin ist«, murmelte Darius misstrauisch.

Kurz bevor er, Zelda und ich uns schließlich – mit Mr Ward als Nullpromillechauffeur – auf den Weg zum Valentinsball machten, der laut Selma und den anderen eine lange, romantische Schultradition an der Woodrow-Wilson-Highschool hatte, klingelte erneut das Telefon.

»Hi, Kassandra … Hier spricht – Myron.«

Myron? Ich kniff die Augen zusammen. Myron hatte mir gerade noch gefehlt.

»Ja?«

»Wer ist das? Etwa noch ein Verehrer? Wie viele hast du eigentlich in petto, Kassandra?«

War Darius verärgert und versuchte, nicht verärgert zu klingen? Oder war er nicht verärgert und versuchte, verärgert zu klingen?

Ich winkte ungeduldig ab und ging die paar Schritte in mein Zimmer.

»Was willst du?«, fragte ich hinter zugezogener Tür.

Was Myron, der vor vierzehn Jahren ein Wespennest mit fatalen Folgen zerschlagen hatte, wollte:

Mit mir reden. Mich besser kennenlernen. Sich entschuldigen für s. o. Mich einladen, ihn mal zu besuchen (er studierte, man höre und staune, was aus ihm geworden war, Jura in Boston!) Über Raymond mit mir reden.

In diesem Moment erreichte mich eine SMS.

Ich denke ununterbrochen an dich. E.

»Myron, ich muss leider jetzt auflegen!«, sagte ich, und meine Stimme jubelte. »Danke für deinen Anruf, wirklich.«

»Du bist … mir nicht mehr böse?«, fragte mein Halbbruder.

»Nein«, antwortete ich eilig und unterbrach die Leitung nach Boston.

Mrs O'Bannion, Mrs Feuer, Mrs Morris (Sport), Mr La-Morte (Geographie), Mrs Hasselback (Cheerleading), Mrs Weston (Physik), Mrs Sullivan (Ökonomie), Mr Shoemaker, der Schulleiter, Mr Walenta, umringt von Fans – und Elija.

Sie alle waren bereits im festlich geschmückten Auditorium, als Darius, Zelda und ich hereinkamen. Dazu fast alle Freshmen, Sophomores, Juniors und Seniors.

»Da wären wir also«, sagte Darius und legte seinen Arm um meine Taille. »Dann mal auf in den Kampf!«

Ich sah zu Elija hinüber und befreite mich gleichzeitig von Darius' Greifarm. Warum schaute er nicht in meine Richtung? Die SMS *Ich denke ununterbrochen an dich. E.*, gespeichert auf meinem Handy, brannte förmlich in meiner Hosentasche.

Selma, Mercedes und Gretchen hatten uns in der Zwischenzeit ebenfalls entdeckt und winkten uns zu.

Selma drängte sich durch die Menge und umarmte mich.

»Alles Gute zum Geburtstag, du Geburtstagskind!«, rief sie schon von weitem und ruderte mit den Armen. »Geschenk ist in meiner Tasche an der Garderobe. Ich geb's dir später.«

Ich nickte.

Elija stand einfach nur da, die Hände in den Hosentaschen, und schaute zur Bigband hinüber. Dort spielte unter anderem Milt Bennett Schlagzeug.

Auch andere gratulierten mir. Die Musik wurde allmählich lauter, und nachdem das Büfett gestürmt war, dimmte jemand das architektonisch raffiniert ausgeklügelte Deckenlicht, das aus bestimmt hundert skurrilen Spots und Lämpchen bestand.

»Jetzt kannst du gleich mal Big-Shoemaker in Aktion erleben«, erklärte mir Selma und lachte. »Und er fordert in jedem Jahr todsicher niemand anderen als die hotte Mrs Hasselback auf. Alle sagen, er ist seit Jahren scharf auf sie, aber trotzdem wird nie was draus! Für mehr ist er zu dick, zu walrossig, zu verklemmt, zu spießig, der Arme!«

Selma behielt recht. Mr Shoemaker und die Cheerleaderlehrerin Mrs Hasselback eröffneten den Valentinsball, und nach und nach tanzten auch alle anderen.

»Flavia hat übrigens geschworen, dass sie sich in diesem Jahr traut, Lucky Luke aufzufordern!«, rief uns Gretchen zu. »Um Mitternacht ist offizielle Damenwahl. Der letzte Tanz. Danach ist Schluss …«

Die letzten Sätze waren ausschließlich an mich gerichtet, alle anderen kannten sich mit den Valentinsballritualen der Schule anscheinend bestens aus.

Elija stand immer noch in der Nähe der großen Auditoriumstür an die Wand gelehnt. Immer wieder schaute ich zu ihm rüber. Ich wusste, wie sich seine warmen Finger anfühlten, wie seine Haut roch, wie es war, wenn er sich an mich presste. Sein Atem in meinem Gesicht, seine verschwitzen Locken an meinem Bauch, sein Glied tief in mir. Mir wurde schwindelig, und ich beschloss, für einen Moment nach draußen zu gehen.

»Luftschnappen!«, rief ich Selma und Zelda zu, die mir fragende Blicke zuwarfen. Darius war für den Moment am Tisch der Sportler. Ich war froh darüber. Im Hinausgehen ging ich nah an Elija vorüber.

»Hallo …«, sagte ich leise.

»Hallo«, sagte er ebenso leise, mehr nicht. Mein Herz schlug zum Verrücktwerden, aber ich ging trotzdem weiter. In meinem Unterleib breitete sich pulsierende Hitze aus.

Draußen hatten ein paar Seniors ein Feuer in der offiziellen Feuerstelle gemacht, das aber nur noch schwach qualmte. Trotz absolutem Alkoholverbot waren einige von ihnen schwer angeschlagen.

Ich atmete samtweiche Nachtluft, sah Flavia, die große Schlucke aus einer in einer braunen Papiertüte verborgenen Flasche trank, und Brendan, der sie befummelte. Plötzlich war jemand hinter mir an der Tür, ich hörte ein Geräusch und sah einen Schatten.

»Achtung, Rosenalarm!«, rief J. R., ein dicker Senior, den ich nur vom Sehen kannte, ärgerlich. Flavia reagierte sofort und schob die Papiertüte samt Inhalt in ein Gebüsch.

»Hi, Mr R.«, sagte sie und lächelte strahlend.

»Ihr wisst aber, dass Alkohol auf dem Valentinsball absolut und strengstens verboten ist?«, sagte Elija mit gedämpfter Stimme.

»Klar, Rosyposy«, schnurrte Flavia angeheitert.

Ich stand wie erstarrt ein paar Schritte abseits der um das Restfeuer sitzenden Runde.

»Achtung, Kassandra, Rosy ist in Spielverderberstimmung!«, rief Flavia mir zu. Und Elija? Er berührte im Vorübergehen in der Dunkelheit für Sekunden meine Fingerspitzen mit seiner Hand.

Gegen halb zwölf war das Büffet alle, die Musik in vollem Gange, und man musste sich anschreien, um den Lärm, der herrschte, zu übertönen. Von Elija war weit und breit nichts zu sehen. Hatte er das Fest etwa bereits verlassen? Ich fühlte mich überflüssig und verloren. Darius wollte mich zum Tanzen überreden, aber ich brachte es nicht über mich.

»Was hast du?«, fragte Darius besorgt.

»Nichts weiter«, sagte ich schnell.

Zelda klebte wie eine Klette an mir, und sie wirkte schrecklich niedergeschlagen.

Ich stellte ihr die gleiche Frage, die Darius mir vor ein paar Minuten gestellt hatte.

»Ach, es ist wegen – Darius«, sagte Zelda, die trotz aller Diätratschläge von Oya immer noch fast genauso dick war wie vor Monaten, als wir sie kennengelernt hatten.

»Was ist mit ihm?«

»Er … er beachtet mich nie, dabei …«

Zelda sprach nicht weiter.

Aber ich verstand sie trotzdem. Oh, arme Zelda. Chancen bei Darius Seaborn hatte sie bestimmt keine. Auch wenn er ganz sicher nicht der absolute Überflieger war, ein Mädchen wie Zelda Ward war nicht seine Sache, da war ich mir sicher.

Ich lächelte ihr aufmunternd zu, und sie lächelte tapfer zurück.

Dabei war uns beiden im Grunde nicht nach Lächeln zumute.

Und um zwölf gab es einen Skandal.

Was um Mitternacht im Auditorium der Woodrow-Wilson-Highschool passierte:

Flavia war trotz aller Verbote betrunken. Keine Frage. Jedenfalls forderte sie tatsächlich Mr Walenta zum Tanz auf.

Zuerst schüttelte er den Kopf. Selma, Gretchen und Mercedes hatten mich mitgeschleift, und wir standen in einem Winkel hinter einem Stück leergefegten Büfetts und hatten von dort aus einen einigermaßen guten Spähposten. Wir sahen, wie er den Kopf schüttelte und lachte. Aber Flavia ließ nicht locker.

»Findet ihr sie sexy?«, fragte Mercedes laut, weil man einfach laut sein musste, um irgendwie gehört zu werden.

»Schon, oder?«, rief Selma.

»Also, ich weiß nicht«, rief Mercedes. »Diese lila Haare. Exaltiert, überzogen. Und dann hat sie wirklich eine kaum erwähnenswerte Oberweite.«

»Da – sie tun es!«, schrie Selmas Schwester Gretchen in diesem Moment und schlug schreiend die Hände vors Gesicht. Aber nur für einen Moment, dann riss sie die Augen wieder auf, um nur nichts zu verpassen. Und tatsächlich, Mr Walenta und Flavia Cool hatten die Tanzfläche betreten – zusammen – und tanzten miteinander. Mrs O'Bannion lächelte ihnen zu, das sah ich.

»Und alle hassen sie«, sagte Selma kopfschüttelnd. »So viel ist mal sicher.«

Aber es kam noch schlimmer. Die Bigband spielte, weil sie wusste, dass das Ende nah war, ohne Pause durch. Ein Stück, zwei Stücke, drei Stücke. Die Musik verschmolz zu einer Endlosschleife. Und immer noch tanzten Flavia und Mr Walenta. Nur dass sie inzwischen nicht mehr Mittelpunkt waren, schließlich wollten eine Menge andere auch noch tanzen, ehe es zu spät war. Die große Partykugel, herabgelassen aus der Decke der tausend Möglichkeiten, verbreitete buntes, zuckendes, anheimelndes Licht.

Aber plötzlich sahen es dann doch alle. Flavia, Mr Walentas Blanche DuBois, hatte sich dicht an den allgemeinen Herzensbrecherlehrer gepresst, und ihre Hände waren unter sein schwarzes Hemd gerutscht.

»Himmel, Luke!«, rief Mr Shoemaker, und es klang wie ein Peitschenhieb. Im nächsten Moment flammte bereits Licht auf, das Auditorium erstrahlte hell aus besagten hundert Deckenspots. Mr LaMorte (Geographie) stand am Schalter, auch sein Gesicht voller Empörung.

Stimmengewirr, Rufe, Verwirrung, Wut.

»Was war denn los?«, fragte Darius mich, aber ich gab keine Antwort. Ich sah nur Elija, der plötzlich wieder da war und der benommen in die allgemeine Aufregung starrte. Sein Gesicht war blass.

»Gar nichts war los!«, rief Selma ärgerlich. »Flavia und Mr Walenta haben ganz normal getanzt. So what?«

»Ganz normal? Naja …«, rief eine andere Stimme.

»Mr Shoemaker ist ja bloß angepisst, weil er es nicht schafft, bei Hassy zu landen, und da gönnt er eben keinem ein bisschen Spaß!«, rief wieder eine andere Stimme.

»Ruhe!«, donnerte Mr LaMorte.

»Ich habe doch nichts …«, sagte Mr Walenta, beziehungsweise glaubte ich diese Worte von seinen Lippen zu lesen, sie waren in Wahrheit zu leise gewesen, um sie tatsächlich akustisch wahrzunehmen. Außerdem stand ich auch viel zu weit entfernt.

»Hey, Leute …«, stammelte Flavia, die zu uns herübergekommen war, aber Mrs Feuer schnappte sie sich, ehe sie mehr sagen konnte.

Elija und ich sahen uns für einen Moment an.

Einen Moment, der einer bleiernen Ewigkeit glich.

Fakten:

– Mr Walentas Weste ist wieder rein, man hat ihn rehabilitiert, nachdem es eine Konferenz zu den Vorfällen auf dem Valentinsball gegeben hat, bei der er sich offiziell dafür entschuldigt hat, dass er Flavia Cool nicht rechtzeitig genug in ihre Schranken gewiesen hat, aber mehr war ihm nicht vorzuwerfen.

– Flavia selbst hat einen Eintrag wegen unerlaubten Alkoholkonsums in ihre Schülerakte erhalten und musste sich offiziell bei Mr Walenta, in Gegenwart des gesamten Lehrerkollegiums, entschuldigen.

– Achmeds Geburtstagspäckchen enthält massenhaft türkisches Gebäck, eine ziemlich kitschige Brosche, ein Kettchen mit dem allseits bekannten blauen Auge gegen den bösen Blick und eine ebenfalls ziemlich kitschige Karte, in der Achmed mir etwas auf Türkisch schreibt, das ich im Internet übersetze und das *Ich küsse deine Augen* bedeutet.

– Darius möchte mich seiner Mom, seinem Dad und seinem Bruder Lester vorstellen.

– Rabea hat einen neuen Freund, den ich noch nicht kenne.

– Elija hat mir eine niederschmetternde SMS geschickt, die längste SMS, die ich je erhalten habe und deren Tenor ist: Es ist aus, weil es nicht sein darf.

– Ich bin sehr unglücklich.

– Auf Flavias Schulspind hat jemand *Flittchen!* geschrieben. Und auf einer der Schultoiletten im Naturkundepavillon steht an einer Kabinenwand *Flavia Cool! Mach die Beine zusammen!*

Im Kabuff, erstes Frühlingslicht vor dem schmalen Kabufffenster. Links von Elijas privatem Arbeitszimmer ist Mrs O'Bannions Zimmer. Rechts von ihm Mr La-Mortes.

Er sah erschrocken aus, als ich klopfte und hereinkam. Sofort legte er einen Finger auf die Lippen und schloss sorgfältig die Tür hinter mir. Aber nicht ab.

ICH: Aus, Elija? Warum? Wegen Flavia und Mr Walenta? Ich … ich bin jetzt achtzehn. In drei Monaten bin ich nicht mehr an dieser Schule.

ER: Ach Kassandra.

ICH: Aber … du siehst traurig aus.

ER: Ich weiß. Ich bin traurig, Kassandra.

ICH: Ich denke immerzu an dich.

ER: Ich denke auch an dich. Viel zu oft.

ICH: Haben wir noch eine – Chance?

ER: Nein. Kassandra! Ich werde in Zukunft nur noch dein Vertrauenslehrer sein. Herrgott, versteh das doch, bitte.

ICH: Vertrauenslehrer – das heißt?

ER: Das heißt, du … du kannst dich immer an mich wenden, wenn … wenn du Kummer oder Probleme hast. Nicht mehr und nicht weniger.

ICH: Aber …

ER: Es geht nicht anders, Kassandra.

Er ließ mich nicht mehr an sich heran, und als ich mich streckte, um ihn zu küssen, wich er zurück.

Mein Herz fühlte sich kalt, klamm und krank an.

ER: Ach, Kassandra, ich habe Virginia außerdem gesagt, dass du keine Zeit mehr zum Babysitten hast in der nächsten Zeit. Dass du für deinen Abschluss lernst. – Es … es ist besser so. Auch wenn Lucy dich natürlich sehr vermissen wird.

Diese Worte ließen mich fliehen.

Sonne, wo bist du? Plötzlich hing nasser Nebel wie ein grauer Vorhang über der Schule. Eine Viertelstunde später goss es in Strömen.

Auch über der Sunland Road hing ein Nebelvorhang, als ich am Nachmittag nach Hause kam.

»Ich fahre – zu ihm«.

Mit diesen Worten begrüßte mich Rabea, als ich die Tür aufgeschlossen hatte und hereingekommen war. Ich schlüpfte aus meiner tropfnassen Jacke und wusste sofort, dass sie von Raymond sprach.

»Warum – so plötzlich?«, fragte ich leise und schob mich in die Küche.

Rabeas Augen sahen traurig aus.

»Plötzlich? Ich habe ihn fast dreizehn Jahre nicht gesehen, Kassandra«, sagte sie leise. »Stattdessen bin ich vor ihm geflohen. Vor seiner Starre, vor seinem toten Blick, vor seinem toten Körper, den ich nicht mehr erreichen konnte.«

Sie starrte eine Weile vor sich hin. Was sie wohl sah? Ich fühlte mich einfach nur elend.

»Was ist da drin?«, fragte ich schließlich und deutete auf eine kleine Kiste, die staubig wirkte und vor Rabea auf dem unaufgeräumten Tisch stand wie ein Schrein.

»Bilder«, sagte sie.

Bilder: Raymond und Rabea am Tag ihrer Hochzeit. Rabea schwanger und Myron mit verwirrter Miene an Raymonds anderer Hand. Raymond, lachend, lockig, in jedem Arm ein Baby. Raymond, Len und ich, und dazu Klein-Oya. Und so weiter und so weiter.

»Oh, Rabea«, sagte ich leise.

Mehr nicht.

»Die Bilder hat Marjorie geschickt«, erwiderte Rabea. Mehr nicht. Sie trank an diesem Abend mehr als eine Flasche Wein. Und ich schaute diese alten Bilder an, bis mir die Augen wehtaten.

Am Wochenende fuhren wir nach Sterling Heights, Rabea und ich. Ich schrieb es Elija in einer SMS und schaute danach im Minutentakt auf mein Handydisplay. Würde er antworten? Oder nicht? Die Antwort kam, als wir schon losgefahren waren.

Ich denke an dich und wünsche dir Kraft!, schrieb er. Nicht viel, aber immerhin etwas.

Rabea fuhr, ich saß untätig neben ihr, und wir ließen die Baumwipfel von Great Emeryville Park hinter uns. Einen Augenblick lang öffnete sich vor uns der ganze Himmel, gleißend hell, mit apokalyptischen Lichtsäulen, die durch Wolken brachen.

Meine Wolke? Seit ich mich wieder an Len erinnern konnte, war sie aus meinen Träumen verschwunden.

Irgendwo in der Ferne regnete es. Ein Regenbogen glomm auf und verschwand wieder. Ich musste weinen.

»… als es passiert war, mitten in der Aufregung, verschwand Ray«, sagte Rabea plötzlich. »Erst am Tag darauf fand ihn ein Ranger im Wald. Er lag unter einem Baum, stumm, nass, lehmverschmiert, zusammengerollt. Zuerst hielt ihn der Ranger für tot … Und im Grunde hatte er ja recht …«

»Mom …«, bat ich, aber sie sprach trotzdem weiter.

»Du sollst eines Tages verstehen, warum … warum ich gegangen bin. Mit euch beiden, dir und Oya.«

Wir erreichten den Regen.

»Ich habe schreckliche Angst davor, ihn wiederzusehen, Kassandra«, fuhr Rabea fort und schaltete den Scheibenwischer ein. Ich sah, dass ihre Finger zitterten.

»… er aß nicht mehr, er trank nicht mehr, er konnte … nicht mehr laufen – keine Toilette aufsuchen.«

Wir waren schon in Massachusetts, die Nummernschilder der vor und hinter uns fahrenden Wagen hatten die Farbe gewechselt, statt Blauweiß Rotweiß.

»Sie ernährten ihn zuerst per Infusionsschlauch – und später mit einer Magensonde. Sie zogen ihm Windeln an, Kassandra.«

Rabeas Stimme war nur noch ein Hauch.

»Stunden-tage-nächtelang saß ich an seinem Bett, während sich Amanda und Marjorie um dich und Oya kümmerten.«

Nach diesem Satz schwieg sie, bis wir die Klinik erreichten. Auf dem Parkplatz saßen wir noch eine Weile stumm nebeneinander.

»Du hast mir auch Sorgen gemacht, Kassandra. Du schienst dich an nichts zu erinnern, du fragtest nicht nach Len oder Raymond, du wurdest schrecklich dünn und sprachst kaum mehr ein Wort. Wir brachten dich zu einer Therapeutin, wahrscheinlich erinnerst du dich nicht. Du bekamst eine Puppe, die wir – Len nannten, aber du rührtest sie kaum an. – Und eines Tages hielt ich es nicht mehr aus. Ein Bekannter erzählte mir von dieser Arbeitsgemeinschaft in Rumänien. Er zeigte mir Bilder von den Zuständen dort. Kranke, mutlose, traurige Kinder in elenden Kinderheimen, deren Augen um Hilfe zu flehen schienen.«

Rabea packte meine Hände. »Und da sagte ich zu. Ich hatte das Gefühl, ebenfalls kurz vor dem Zusammenbruch zu stehen. Und darum sagte ich zu, Kassandra! Um wenigstens uns zu retten.«

Ich gab auf diesen Ausbruch keine Antwort.

Aber als wir schließlich nebeneinander den Kiesweg entlanggingen, den ich das letzte Mal mit Elija entlanggelaufen war, antwortete ich doch: »Inzwischen isst er wieder. Und auch die – Toilette scheint er wieder ganz normal zu benutzen. Du kannst es drehen und wenden, wie du willst, Rabea, du hast ihn im Stich gelassen.«

Dann waren wir da.

»Oh, mein Gott«, sagte Rabea jedes Mal, als sie zuerst Marjorie, dann Myron und zum Schluss Raymond gegenüberstand.

Während unseres Besuchs geisterte ein junger Mann in Raymonds Zimmer, lächelte uns nacheinander vage an, berührte murmelnd unsere Fotografien, Raymonds Bett, die herumstehenden Blumentöpfe, und begann dann wieder von vorne.

»Oh, Mr A.«, murmelte er dabei ein paarmal.

»Das ist Bendix Vandenberg«, sagte Marjorie. »So etwas … wie ein Freund von Raymond, wenn man das sagen kann. Er wohnt ebenfalls auf dieser Station. Bendix ist Autist. Er hält sich gerne bei Ray auf. – Hallo, Bendix, Lieber.«

Rabea saß stumm vor meinem Vater und schaute ihn an. Noch nie hatte ich sie so traurig gesehen wie in diesem Moment.

»Der Weg geht genau da lang, wo die Angst ist«, sagte Bendix kryptisch und setzte sich neben sie.

»Wollen wir in der Cafeteria etwas trinken gehen?«, fragte mich Myron irgendwann. Außer *Hi, Raymond …* hatte ich noch nichts zu meinem Vater gesagt. Rabea und Marjorie und jetzt auch noch Bendix Vandenberg umringten ihn immerzu, nahmen ihn völlig ein.

Ich zwang mich, meinen fremden Halbbruder direkt

anzusehen. Draußen regnete es immer noch. Graues, wässriges Licht sickerte zum Fenster herein und tränkte uns alle in einen grauen, trostlosen Schein.

»In Ordnung«, stimmte ich schnell zu.

Als wir zur Tür hinausgingen, sah ich, dass Bendix Raymonds Hand jetzt in seiner hielt, so als tröste ein Erwachsener ein Kind.

Oh, Raymond, wo in deinem Kopf ist verschwunden, wie wir zusammen Hand in Hand durch den Sonnenschein gelaufen sind?

»… Mr A.'s Sonne ist erloschen«, sagte Bendix gerade sanft zu Rabea.

Verrückt, mein Vater war fünfzig und Bendix, sein Tröster, vielleicht siebzehn oder achtzehn.

Drei Spuren:

Erste Spur: Rabea und Marjorie und dieses Wochenende: ein mir schon bekannter Spießrutenlauf aus Weinen, Schreien, Schweigen. Weinen, Schreien, Schweigen.

Zweite Spur: Myron und ich und dieses Wochenende:

»Ich besuche Ray fast jede Woche«, sagte Myron. Wir liefen draußen herum, weil sich drinnen Marjorie und Rabea anschrien. Und weinten. Und sich umarmten. Und schwiegen. Und wieder schrien.

»Und – deine Mutter?«, fragte ich beklommen.

»Florida. Schon lange wieder verheiratet. Auch noch neue Kinder, die schon wieder groß sind. Ich hatte es ziemlich beschissen damals, Kassandra. – Eigentlich hat mich Marjorie aufgezogen – nach dieser Sache …«

Diese Sache war Len.

»Old Saybrook«, sagte Myron plötzlich, ohne aufzusehen.

»Old Saybrook? Was ist dort?«, fragte ich.

»Da hat – deine Mutter … Lens Asche ins Meer gestreut. Ihr wart da ein paarmal in den Ferien. An der Küste von Connecticut. Ein … ein Ferienort. – Len … liebte es, dort zu sein.«

Warum wusste Myron das alles?

Ich schwieg.

»Ich fahre – ziemlich oft hin«, sagte Myron leise. »Einfach nur so, sitze am Meer rum, auf einem Stein oder im Sand. Ich fühle mich nämlich ziemlich oft zum Kotzen, musst du wissen.«

Ich sah ihn nicht an. Ich hasste ihn. Ich musste ihn hassen. Er hatte meinen Bruder getötet. Und im Grunde auch Raymond. Er hatte mir so wahnsinnig viel genommen.

Ich hasse dich, schrie es in mir drin.

Ich sah ihn doch an. Seine hellgrauen Augen, die irgendwie meinen ähnlich waren. Sein Atem, seine Bewegungen. Er lebte. Verdammt, er lebte. Er war ein ganz normaler Student. Was er getan hatte, war ihm nicht auf die Stirn geschrieben, hatte ihn selbst nicht zu Fall gebracht. Das Leben, die Welt lagen ihm zu Füßen. Lagen verheißungsvoll vor ihm. Len dagegen? Raymond dagegen?

Aber irgendwie hasste ich ihn doch nicht.

Dritte Spur: Elija und ich an diesem Wochenende: Ich schrieb SMS, und Elija antwortete. Versuchte, mich zu trösten, versuchte, die richtigen Worte zu finden, versuchte, nett zu klingen, ohne Nähe aufkommen zu lassen.

»Das Leben ist beschissen«, sagte ich am Sonntagabend zu Rabea.

Dasselbe schrieb ich Oya, Achmed, Darius und Selma via Internet. Und Elija in einer SMS.

Über allem lag ein violettbraunes Licht, in dem die Umrisse verschwammen und Great Emeryville zu einem düsteren Schatten wurde.

»Kannst du jetzt – endlich mal bleiben?«, fragte ich Rabea, als wir im allerletzten Licht die Sunland Road erreichten.

Rabea sah mitgenommen, elend aus. Heute Abend würde sie wieder zu viel Rotwein trinken, da war ich mir sicher.

»Ich … ich hoffe es«, sagte sie und fuhr in unsere dämmrige Auffahrt.

»Schreib das Oya«, riet ich ihr. Mehr konnte ich nicht tun.

»Das werde ich«, murmelte Rabea, stieg aus und schlug, vielleicht weil sie fror, die Arme um sich selbst.

»Was ist das … eigentlich für ein Typ, mit dem du jetzt zusammen bist?«, erkundigte ich mich, während wir ins Haus gingen.

Rabea winkte ab. »Unwichtig«, sagte sie vage. Das war wieder Rabea, wie sie leibte und lebte, schweigsam, undurchsichtig und ungeduldig mit der ganzen, verkorksten Welt. Vielleicht war sie auf irgendeine Art ebenso erloschen, wie Raymond es war. Nur funktionierte sie besser. Und darum fiel es nicht so auf.

Am nächsten Morgen hatten sich die Wolken des Wochenendes aufgelöst, und ein breiter Strahl nicht mehr so niedriges Sonnenlicht wie im Winter beleuchtete mein Fenster, das dringend einmal geputzt werden musste.

Frühlingssonne, Frühlingslicht, trotz der zu schmutzigen Scheibe.

»Oya schreibt, es geht ihr gut. – Wenigstens etwas«, sagte Rabea seufzend, die in der Küche saß, an ihrem eigenen, altersschwachen Laptop. Neben ihr standen eine leere und eine halbleere Flasche Rioja und ein Glas.

»Warst du nicht im Bett?«, fragte ich.

Nein, war sie nicht. Sie hatte die Nacht stattdessen, wie es aussah, mit Trinken (Weinflaschen), Denken (sie grübelte ja dauernd), Weinen (massenweise zerknüllte Kleenextücher überall) und Malen (Skizzen allerorten) zugebracht.

Ich, Oya, Pavel aus Prag, Sergio in Sizilien, Jérôme in seinem Atelier in Paris, eine Menge gestrichelte Gesichter, manche zart, manche gröber … Und auf jeden Fall – sehr behutsam, wie es aussah – immer wieder Raymond und Len (Ersteren gesund und lachend und den Zweiten rührend klein und sommersprossig – dazu ein gewagter Versuch: Len, wie er heute wäre?)

Mich fröstelte und ich machte, dass ich aus dem Haus kam.

Hey Süße, Kopf hoch!, hatte Selma mir geantwortet.

Achmed: *So ist das Leben eben, es muss Beben geben!*

Bin gerade beim Sport! Sehen uns morgen in der Schule …, schrieb Darius.

Oya hatte mir etwas Langes, Schwedisches geschrieben, das ich beizeiten mal via *Google.Translate* übersetzen würde.

Elija hatte sich nicht gerührt.

»Hi, Kassandra!«, rief Zelda in diesem Moment und trat aus dem Nachbarhaus.

»Hi, Zelda«, sagte ich und stieg zu ihr ins Auto.

»Vierzehn Pfund weniger«, vertraute sie mir während der Fahrt an und streckte sich stolz.

»Das ist toll«, sagte ich und meinte es auch so.

»Ein Buch. *Endlich Wunschgewicht.* Damit schaff ich es. Garantiert!«

Zelda lächelte mir eilig zu und fuhr dann konzentriert weiter. Sie hatte ihre Fahrerlaubnis noch nicht so lange.

»Meinst du, die anderen – zum Beispiel … Darius – sehen es auch?«

»Bestimmt«, sagte ich zuversichtlicher, als ich war.

»Das wäre toll. Wann kommt eigentlich Oya zurück? Ich hab sie schon ein paarmal online gefragt, aber sie geht nie drauf ein.«

Zelda fummelte, die Gunst des Moments nutzend, dass wir an der einzigen Ampel, die es auf dem Weg zur Schule zu passieren galt, halten mussten, an ihrem fransigen Pony herum.

»Ich weiß es nicht«, gab ich ihr ehrlich zur Antwort.

»Sie fehlt mir«, sagte Zelda.

Mir fehlte sie auch.

Dann waren wir da, Zelda parkte den Chevy, wir gingen gemeinsam durch das große Schultor, dann schwenkte Zelda in Richtung ihres Pavillons ab, während ich es nicht über mich brachte und stattdessen um den Pavillon der Seniors herumging und dann den Trampelpfad einschlug, der in die McKinley-Wildnis hineinführte.

Alleine sein. Alleine sein. Alleine sein.

An Raymond denken, ihn wachdenken, meine schemenhaften, kostbaren Erinnerungen zwingen dazubleiben.

»Er ist jetzt so, wie er ist«, hatte Myron mir gesagt. »Du wirst eines Tages lernen, es zu – akzeptieren. Marjorie ist fast durchgedreht, bis sie es endlich akzeptieren konnte.«

Myron hatte mich, während er sprach, halb angesehen und halb nicht angesehen. Vielleicht hasste ich ihn doch. Ich war mir nicht sicher.

»Jahrelang hat sie versucht, ihn zurückzuholen, wie

sie es nannte. Sie hat alles versucht, glaub mir. Und ist dabei fast selbst durchgedreht.«

Myron, Täter, Opfer, Kind, Erwachsener.

Mir war schwindelig geworden, und ich dachte an die Fotografie von Myron in Raymonds Zimmer. Dieser kleine, lachende Junge, der er mal gewesen war.

Vielleicht hasste ich ihn nicht nur. Aber er hatte Len getötet, wenn auch nicht wirklich beabsichtigt. Dennoch hatte er es getan.

»Im Sommer ist es leichter mit ihm«, fuhr Myron fort. »Dann sitzt er, wann immer es geht, im Garten. Stundenlang, von morgens bis abends, aufrecht, geduldig, mit ruhigem Blick.«

»Ruhig? Er ist *unglücklich*«, stieß ich brüsk hervor und rührte mit zitternden Fingern in meinem Cafeteriakaffee.

»Ich glaube, nicht mehr richtig unglücklich. Nur nicht da, nicht bei uns«, widersprach Myron mir.

In diesem Moment erreichte ich Mr Walentas Weg der Sinne und blieb stehen. Richtig: der Spiralweg, an dem Oya mitgewirkt hatte. Den hatte ich ja ganz vergessen. Und jetzt war er fertig, wie es schien. Herumliegende Blumen, schon leicht verwelkt, zeugten von einem schulinternen Einweihungsfest. Langsam lief ich den kreisförmigen, immer enger werdenden Weg entlang.

Figuren: Sie waren nicht nur aus Stein, wie ich fälschlicherweise angenommen hatte. Es gab außerdem wel-

192

che aus Holz, Ton, Gips, sogar aus Metall. Aus einem Drahtgeflecht aus Metall hatte jemand eine ziemlich windschiefe Riesenkugel geformt, in deren Innerem winzige Blumen – zukünftige Sonnenblumen? – keimten. Dann gab es bunte Tonkugeln, eine Pyramide aus kleinen Steinen und Mosaiken, einen Löwen aus Holz, mehrere Steinklumpen mit schweren Köpfen und ernsten Gesichtern, eine tanzende Figur, die, wie es schien, aus Schrauben und anderen Kleinwerkzeugen zusammengeschweißt war, und noch mehr. Aber wo war Oyas Werk?

Glück. Sie hatte es *Glück* genannt.

Dann sah ich es, wieso hatte ich es nicht sofort gesehen? Eine kleine Formation aus Holzmenschen, die Hand in Hand in Hand in Hand durch das wieder frühlingshaft wachsende Gras der McKinley-Wildnis gingen. Vatermutterkindkind. Raymond, Rabea, Oya und ich. Len fehlte natürlich, weil Oya aufgehört hatte, daran zu arbeiten und nach Göteborg geflohen war, gerade als Len und Raymond wieder aufgetaucht waren aus dem Nirvana, in dem sie so lange geschlummert hatten.

Still saß ich mitten im Spiralweg und weinte. Ganz zu Beginn, als der Weg der Sinne noch in den allerersten Zügen gelegen hatte, hatte Oya mir erklärt, was Mr Walenta dem Kurs erklärt hatte. Etwas über positive Schwingungen solcher Wege.

»Kraftorte«, hatte Oya zu mir gesagt und Billyboy gestreichelt. »Energiebahnen. Der Mantel der Erdkruste ist durchzogen davon. Sie stellen eine Vernetzung von einem Kraftort zum anderen dar.«

»Also Hokuspokus«, warf Brendan mit hochgezogener Augenbraue ein.

»Noch nie von Pilgerwegen gehört?«, war Oyas Erwiderung gewesen. »Aus solchen vernetzten Kraftorten wurden Pilgerwege, die die Menschen heutzutage zuhauf bereisen. Für teuer Geld und richtig gebucht!«

Mr Walenta hatte seinem Kurs erklärt, dass der Stein der ältere Bruder des Menschen sei. Er sei Informationsträger und könne als Mittler zwischen den Dimensionen eingesetzt werden.

»Aber nicht nur Steine können das«, fuhr Oya fort. »Alle Naturelemente haben diese Fähigkeit. Nur ist der Stein der stärkste Kraftspender. Und dann kommt es eben noch darauf an, die Elemente nach den Gesetzen der heiligen Geometrie an ganz bestimmten Orten in eine architektonische Form zu bringen. – Ergo unser Spiralweg der Sinne.«

»Und das Ganze in der guten, alten McKinley-Wildnis, weil sie sowieso ein mystischer Ort ist, was?«, spottete Brendan. »Echt, Oya, du bist der Hammer! Einerseits intelligent bis zum Durchdrehen, dann aber durchgeknallt wie Millionen andere Esoteriker.«

Dran glauben: Darius sagte, er glaube ebenfalls, dass die McKinley-Wildnis etwas Besonderes umgab (dasselbe sagte er mir, als er mir seine geheime Höhle zeigte). Zelda bestätigte es (aber, wie ich heute glaube, nur, weil sie gerne einer Meinung mit Darius war), ich glaube es auch (schon alleine in Erinnerung an die *Sciara del Fuoco*, die berühmte Feuerrutsche an der Nordwestseite von Stromboli. Dort fließt die Lava immer wieder direkt bis ins Meer, und wenn man sich dort aufhält, spürt man Energie durch und durch, die einen einerseits ganz schwach macht, während sie einen andererseits mit merkwürdig pulsierender Kraft auflädt.)

Eine ganze Weile saß ich einfach nur da und glaubte, die Energie des Spiralwegs zu fühlen, je länger ich saß, umso intensiver.

Und dann sah ich ihn kommen. Er kam einen anderen Weg entlang, was darauf hindeutete, dass er vom Haupthaus kam und am Steinschlag entlanggegangen war. Was tat er hier um diese Zeit bloß?

Ich saß da wie erstarrt. Immer noch berührten meine Fingerspitzen Vatermutterkindkind, Raymond-RabeaOyaKassandra. Das Holz war wärmer als meine Hände.

Elija sah mich nicht. Er ging etwa fünfzig Meter links von mir über die von wilden Büschen bestandene Wiese. Es war die sogenannte Krähenwiese, weil dort immer so wahnsinnig viele Krähen in den Bäumen kreischten. Irgendwann blieb er einfach stehen und lehnte seine Stirn gegen den schlimmsten Krähenbaum. Ein, zwei, drei, vier, bestimmt fünf Minuten vergingen, in denen ich wie erstarrt dasaß und Elija mit der Stirn am Baum lehnte und sonst nichts tat. Seine Hände hatte er immer noch in den Hosentaschen seiner Jeans.

Da hielt ich es nicht mehr aus. Ich stand auf und spürte für einen Moment alle Knochen in meinem Körper. Meine Knie schmerzten vom langen Kauern in dieser unmöglichen Position, meine Schultern fühlten sich verspannt an, genauso mein Nacken. So mussten sich alte Leute fühlen.

»He, Elija …«

Er fuhr zusammen und herum.

»Kassandra …«

Er kam näher, wenigstens ein Stück, dann blieb er wieder stehen.

Ich wusste nicht, was ich sagen sollte.

Er offenbar auch nicht.

Schließlich standen wir uns doch gegenüber und vermieden es, uns anzusehen.

Und wenn wir weit weg gehen würden, er und ich, nach Europa oder so? Schließlich war ich die Weltenbummlerin, und ich war achtzehn und würde in wenigen Wochen meinen Schulabschluss in der Tasche haben.

Langsam holte Elija seine Hand aus der Hosentasche, endlich, und fuhr mit seinem Zeigefinger die Linie meines Schlüsselbeins nach.

»Zu dünn angezogen. Du. Wie fast immer. So dünn und dann auch noch dauernd zu dünn angezogen.«

Elija ließ die Hand wieder sinken, aber ich nahm sie, ehe er sie wieder in die Hosentasche schieben konnte, in meine.

»Nein, Kassandra. Bitte. Nicht.«

Aber dann liefen wir doch Hand in Hand los, ließen die Krähenwiese, die kreischenden Krähen und Mr Walentas Weg der Sinne hinter uns.

Wir sprachen kein Wort, und irgendwann erreichten wir Darius' Höhle.

Grünes, warmes Licht auf grünem, warmem Moos empfing uns.

Elija stand ganz nah vor mir, und plötzlich beugte er sich vor und küsste mich heftig auf den Mund. Warm, weich, gut und vertraut fühlte es sich an. Ich griff nach seinen Schultern.

»Aber wir dürfen nicht – miteinander schlafen, hörst du?«, flüsterte Elijas heisere Stimme. »Um Himmels willen nicht. – Das … hier ist schon – schlimm genug. Mehr dürfen wir auf keinen …«

Mir wurde schwindelig. Elija zog mich an sich. Als meine Brüste seinen Oberkörper berührten, konnte ich fühlen, wie sich sein Körper anspannte. Was ich als Nächstes tat, weiß ich nicht mehr. Jedenfalls lag Elija kurz darauf auf mir, ich spürte das weiche Moos unter meinem nackten Rücken, Elijas Lippen an meinem Hals undundund.

Und dann stand plötzlich Darius in der Höhle.

Wie ein Baum
    ein Krater
    ein Riese
    ein Gigant,
    turmhoch über uns.

Eine Eigenschaft von Darius Seaborn:
Sprachlosigkeit im strengsten Sinne des Wortes.

Auch Elija war so gut wie sprachlos. Aber eben nicht gänzlich. Er sah Darius vor mir. Plötzlich wurde sein ganzer Körper starr, und er hörte auf mich zu umarmen. Stattdessen schob er seine Hände zwischen unsere Gesichter und verbarg mit ihnen das seine.

»Nein, oh nein«, flüsterte er.

»Was – was ist los, Elija?«

Ich drehte mich um und sah Darius an.

»Darius …«, sagte ich leise.

Er sah mich nur an, und sein Gesicht war blass. Und grünlich, aber das waren wir alle im Licht der Höhle, Darius' Höhle, versteht sich.

In Filmen gibt es Schnitte. Liebe. Ertappt. Totale auf den Ertapper. Schnitt. Die Liebenden, die sich bereits aufgerichtet und wieder (wenigstens halbwegs) hergerichtet haben.

Im wahren Leben: weit gefehlt.

Elija und ich waren beide fast nackt, unsere Körper verschlungen, Elija war verschwitzt.

Liebesschweiß. Und jetzt Angst-Entsetzensschweiß. Ich konnte es riechen, und Darius mit Sicherheit auch.

Wir

Mussten

Uns

Aufrichten, voneinander lösen, unsere Nacktheit

bloßstellen, nach Anziehsachen greifen, in Unterwäsche, Hosen, Shirts schlüpfen. Die Luft roch nach uns, unverkennbar – und Darius stand immer noch einfach da, mit hängenden Armen in seiner Höhle.

»Darius …«, sagte nun Elija und fuhr sich durch die Haare. Aber zu mehr war er auch nicht fähig. Darius Seaborn hatte ihn nackt, bloßgestellt, in flagranti mit einer Schülerin, mit mir, die ich so etwas wie Darius' Freundin war in den Augen der anderen, den Leuten der Woodrow-Wilson-Schule, gesehen. Die Welt stand irgendwie still.

»Um Himmels willen …«, versuchte er es erneut, während er seine Jacke anzog.

Und

Darius

Stand

Einfach

Da

Und

Sah

Uns

Zu

Wir verließen die Höhle zu dritt. Zuerst ich, dann Elija, als letzter Darius. Schweigen. Schweigen. Schweigen.

Meine Lippen schmeckten immer noch nach Elijas Küssen. Mein Inneres war aufgewühlt von dem Moment, in dem er in mir gewesen war. Einmal mehr.

Im sogenannten Kiefernwäldchen, auf diesem Boden

aus herabgefallenen Nadeln in Rostrot, trafen wir die anderen. Auch das noch. Brendan, Selma, Mercedes, Flavia, Milt und zwei, drei andere Seniors.

»Oh, Rosenalarm!«, rief Brendan sofort, als er uns entdeckte. Warum bloß spulte er immer und immer wieder dasselbe Programm ab?

»Ja, was machen Sie denn hier mitten in wilder Flora und Fauna, Mr Rosen?«, hakte Flavia nun ebenfalls nach, ein Senior namens Ethan hatte den Arm um ihre Schulter gelegt.

Ich konnte sowohl Elija als auch Darius atmen hören. Einatmen, ausatmen, einatmen, ausatmen. Ich wurde atemlos vom Zuhören, und meine Kehle fühlte sich eng an.

»Äh, etwas erledigt. Für – Luke. Mr Walenta, meine ich. Am Weg der Sinne …«

Darius atmete.

Ich starrte auf den kiefernnadeligen Boden.

Elija atmete.

»Ich … muss dann weiter«, sagte er leise, betont gleichgültig, unglücklich, wackelig, um Fassung und Autorität ringend.

»Was war denn mit dem los?«, sagte Mercedes, als Elija gegangen war.

Darius stand neben mir, ich sah ihn nicht an und achtete darauf, nicht gegen ihn zu stoßen.

»Wenn ihr mich fragt, er ist supermies drauf«, sagte Flavia. »Vielleicht eine Ehekrise. So was soll ja vorkommen. Speziell, wenn man gerade ein Baby bekommen

200

hat. – Und Rosyposy und Ms Wells haben doch eins, wenn ich mich nicht irre, oder?«

Darius atmete.

»Stimmt«, bestätigte Brendan. »Meine Grandma ist mit Onkel Jayden, dem Zwerg, auch alleine. Sein Erzeuger hat sich längst aus dem Staub gemacht.«

»Ja, stillende Mummys sind recht abtörnend für Männer, das habe ich erst letzte Woche in der *Cosmopolitan* gelesen. So viel Babygetue schlägt ihnen auf die Libido.«

Die anderen lachten.

»Und was ist mit dir?«, fragte Mercedes und wandte sich an mich. »Du siehst, sorry für meine Offenheit, auch irgendwie scheiße aus.«

Darius atmete.

»Es ist nichts«, sagte ich mühsam.

»Hast du etwa geweint oder so?«

»Nein.«

Eine Bekanntmachung am schwarzen Brett, die wir nicht sahen, weil wir lange für den Rückweg aus der McKinley-Wildnis brauchten und, als wir endlich da waren, sofort in unseren Pavillon gingen:

Geschichtskurs 2 der Seniors (B+C) von Mrs O'Bannion: heute und morgen vertreten durch Mr Rosen.

Er war schon da, stand an der Tafel, als wir zur Tür hereinkamen.

»Sie schon wieder«, lachte Flavia und drehte sich zu

uns um. »Nicht vergessen: Wir wollen nett zu ihm sein – denkt an seine angegriffene Libido!«

»Nun hör doch mal auf mit dem Scheiß«, murmelte Milt, weil eine Menge Leute, die Flavias Worte gehört hatten, lachten. Ich lachte nicht. Elija, an der Tafel, gab keinen Ton von sich, aber sein Schatten, den ich sah, obwohl ich nur auf den Fußbodenbelag starrte, zuckte für einen Moment zusammen.

»War doch nur ein Scherz«, sagte Flavia und setzte sich.

Darius atmete.

Unsere Plätze in Mrs O'Bannions Geschichtskurs waren nebeneinander.

Ich setzte mich schwerfällig in Bewegung, ließ Darius hinter mir zurück, durchquerte den Raum und setzte mich. Ich fühlte mich bleischwer.

»Also …«, sagte Elija, und ich hob den Kopf. Aber er sah mich nicht an, natürlich nicht.

Darius war mir nicht hinterhergekommen und hatte sich nicht gesetzt. Stattdessen lehnte er an der Wand neben der Tür.

»Dary Darling?«, rief Flavia ihm zu. »Was ist los mit dir? Willst du dich nicht zu uns setzen?«

Darius gab keine Antwort. Ich schaute zu ihm hin, aber er sah nicht in meine Richtung. Stattdessen fixierte er Elija.

»Ja, also …«, sagte der gerade. Er war wie paralysiert.

Darius ebenfalls.

»Was hat er?«, flüsterte Selma mir von hinten zu. Oder wem auch immer.

»Wer?«, flüsterte Cailin Green neben Selma hörbar zurück.

»Na, Mr Rosen, natürlich.«

»Vielleicht einen Schlaganfall?«

Das kam von Reba Posey, die wiederum neben Cailin saß. »Mein Grandpa hatte an Thanksgiving einen. Während wir alle am Tisch saßen. Zack, war er weg. War heftigst gruselig!«

Ich atmete immer noch so nervös, dass meine Hände anfingen zu kribbeln. Hyperventilierte ich womöglich?

»Dann … dann fangen wir wohl mal an«, sagte Elija in diesem Moment mit rauer Stimme. Ich hatte plötzlich wieder im Ohr, wie er mit genau dieser Stimme, diesen Lippen, meinen Namen geflüstert hatte, wieder und wieder, vor noch nicht mal einer Stunde.

Mir wurde heiß im Bauch, trotz allem.

Elija blätterte unterdessen in Mrs O'Bannions Unterlagen und schaltete schließlich den Beamer an. Mit seinen schönen, wunderschönen Händen. Aber vor die Erinnerung daran, wie Elija mich mit diesen Händen streichelte, schob sich das Bild, wie Darius uns in der Höhle überrascht hatte und wie Elija sein Gesicht mit den Händen verborgen hatte vor Entsetzen und Scham.

»Doch kein Schlaganfall«, flüsterte Reba erleichtert.

Und Darius?

Darius verließ den Klassenraum und ließ die Tür hinter sich ins Schloss krachen.

Darius und Zelda – eine Verbindung (aus Gesprächen rekons-truiert und mit Vermutungen durchsetzt):

Darius Seaborn, geboren im August 1994 in Ana-heim, Californien, verließ den Pavillon, sprintete über einen Kiesweg, durch einen Gang, eine Treppe hinauf, noch einen Gang entlang und riss dann eine Tür auf.

»He, Moment, junger Mann!«, insistierte Mrs Au-clair, eine der Schulsekretärinnen, und zwar die vor Mr Shoemakers Tür, ungehalten. »Wohin so eilig?«

(So in etwa musste es sich abgespielt haben, genau weiß ich es nicht, ich war ja nicht dabei.)

»Muss Mr Shoemaker sprechen! Es ist dringend!«

»Mr Shoemaker ist außer Haus und kommt erst mor-gen wieder.«

Darius, der gerade erst seine Stimme wiedergefun-den hatte, fluchte wütend, schlug gegen die Kante der Tür und stürmte davon.

»He, Darius!«, rief da Brendan, der wie aus dem Nichts auftauchte. »What's up? Bist du des Teufels? Man kriegt ja Angst, wenn man in dein Gesicht schaut. Machst du einen auf Freddy Krueger, oder was?«

Brendan selbst machte ein fragendes Gesicht und wedelte mit einer Schachtel Chesterfields. »Los, gehen wir ins Tantchen.«

Tantchen war ein struppiges, stacheliges Gebüsch am Rande der hinteren Schulwiese. Keiner wusste, warum diese Büsche so hießen. Sie hießen eben schon immer so. Und im Inneren von Tantchen konnte man recht ungestört rauchen, das war ein ungeschriebenes Gesetz.

Zelda Samantha Ward, geboren im Mai 1997 in Great Emeryville, Connecticut, starrte auf die neueste Schmähung an ihrem Schulspind. *Wer auf Dicke steht, ist bei Zelda Ward richtig!*, stand da, und es hatte vor einer halben Stunde noch nicht da gestanden, das hatte Zelda sicherheitshalber kontrolliert, bevor sie in den Unterricht gegangen war. Gestern Nachmittag erst hatte sie mit Nagellackentferner *Niemand mag Fette!* von ihrer Spindtür gerubbelt.

Auf keinen Fall durfte Darius diese Schmierereien zu Gesicht bekommen. Zelda wollte gerade zurück in ihren Klassenraum gehen, als sie draußen Besagten in Begleitung von Brendan Smith vorübergehen sah.

Darius fuhr sich durch die Haare und sah irgendwie mitgenommen aus. Brendan klopfte ihm kumpelhaft die Schulter.

Zelda machte zögernd ein paar Schritte in Richtung Englische Literatur, aber dann drehte sie sich entschlossen um und ging den beiden hinterher. Vielleicht waren sie sich nur zufällig begegnet, vielleicht trennten sich ihre Wege gleich wieder, und vielleicht hätte sie selbst dann endlich die Gelegenheit, mal ohne die anderen mit Darius zusammenzutreffen.

Nein, Pech gehabt, sie gingen rauchen. Dazu verkrochen sie sich in diesen Büschen hinter dem Altbau. Zelda setzte sich enttäuscht ins Gras und zupfte Grashalme.

Und dann hörte sie es, es war unausweichlich.

Darius berichtete es statt Mr Shoemaker nun Brendan.

»Scheiße«, sagte Brendan hinterher.

»Das kannst du laut sagen«, sagte Darius.

»Und irgendwie eklig«, sagte Brendan.

»Auch das kannst du laut sagen«, sagte Darius.

Dann sagten sie nichts mehr.

Achmed in Ankara saß schweigend auf einem Stück Mauer der Burg von Ankara im Stadtteil Ulus. Von hier aus hatte man einen wirklich gigantischen Ausblick auf die erwachende Stadt. Achmed lauschte dem Frühammorgenwind, der in den Bäumen rauschte, sah zu, wie über ihm die Wolken dahinzogen, und ließ seine Gedanken wandern.

Mein Großvater ist tot. Die Sehnsucht nach meiner Großmutter hat ihn umgebracht, tippte er irgendwann in sein Handy. Und du bist, verdammt noch mal, sehr schwer zu erreichen in der letzten Zeit, Weltenbummlerin!

Oya schickte eine MMS aus Göteborg. Auf dem Bild war eine winzige Katze zu sehen.

Sieh mal, was Jonna mir geschenkt hat, schrieb sie dazu. Er heißt Kalle Anka.

Ich las Achmeds Nachricht und betrachtete Kalle Anka, Billiboys Nachfolger, während Elija wie ein Geist an Mrs O'Bannions Tafel stand und versuchte, Unterricht abzuhalten.

»Warum starrt Mr R. eigentlich dauernd her?«, flüsterte Selma hinter mir. »Wen von uns er wohl auf dem Kieker hat?«

»Schluss ... mit ... dem ... dauernden ... Getuschel«, sagte Elija mühsam in unsere Richtung.

»Echt scheiße drauf«, flüsterte Flavia. »Sage ich doch. – Wäre verdammt besser, sie hätten uns Lucky Luke als Vetretungslehrer zugeteilt.«

»Bist du etwa immer noch nicht kuriert nach dem Skandal auf dem Valentinsball?«, flüsterte Cloe, Rebas Zwillingsschwester.

»Nein, das bin ich erst, wenn ich mit ihm in der Kiste war«, beendete Flavia das Flüsterhinundher grinsend.

Ich schluckte. So konnte man es auch nennen.

Oder eben auch nicht.

Warum ich: Zelda und Darius – eine Verbindung *geschrieben habe*: Zelda und ich fuhren zusammen nach Hause. Darius war wie vom Erdboden verschluckt. Auch Elijas Kombi stand nicht mehr auf dem Lehrerparkplatz. Die verwaiste Parklücke war das Erste, was mir ins Auge gesprungen war, als ich mit Zelda zu den Parkplätzen kam. Lehrer- und Schülerparkplätze lagen direkt nebeneinander. Mein Magen zog sich zusammen.

ZELDA: Alles okay mit dir, Kas?

ICH: ... ja, wieso?

ZELDA: Du siehst nicht sehr glücklich aus.

ICH: Das hängt mit meinem … Dad zusammen.

Ich muss viel an ihn denken, verstehst du?

Und das war die Wahrheit. Trotz Elija, trotz Darius, meine Gedanken kreisten auch um Raymond. So musste sich Schizophrenie anfühlen. Ich war wie gespalten. Eigentlich schrie alles in mir: Wie wird es weitergehen? Was wird jetzt sein? Wo ist Darius in diesem Moment? Bei Mr Shoemaker? Und wo, um Himmels willen, ist Elija? Was, was, was wird werden?

Aber trotzdem war da immer auch Raymond, alleine, still, reglos in Sterling Heights. War es wirklich so, wie Marjorie, Rabea und Myron sagten? Gab es keine Chance mehr für ihn? Ab und zu hatte ich wahnwitzige Tagträume, in denen Oya und ich ihn zurück ins Leben holten. Umarmungen, Küsse, eine vor Glück weinende Marjorie. Rabea, die aus ihrem Panzer namens Unnahbarkeit stieg. Raymond, der lächelte. Myron, der sich nicht mehr zum Kotzen fühlte.

ZELDA: Ach so. – Ich dachte, du wärst vielleicht mies
drauf wegen … Mr Rosen?

ICH: … was?

Zelda schwieg eine Weile. Erst als wir schon fast die Sunland Road erreicht hatten, war sie bereit, ein paar weitere Sätze zu investieren.

Meine Hände, mit denen ich meinen Rucksack festhielt, bebten.

ZELDA: Wie ist das? Verhütet ihr eigentlich?

ICH: Zelda … Was … was meinst du?

Okay, sie wusste es. Ihre Augen fixierten mich, musterten mich, tausend Fragen waren in ihrem Kopf, das war nicht zu übersehen.

ZELDA: Es ist deine Sache, Kas. Was du machst,
meine ich. Andererseits ist es – illegal. Und
Mr Rosen hat eine Menge zu … verlieren, wenn du
verstehst, was ich meine: seinen Job, seinen guten
Ruf, sein Einkommen. Denk mal an Ms Wells
und das Baby! Außerdem, Kas, auf so was steht
Gefängnis! Ich weiß das, mein Onkel leitet eins
in Alabama.

ICH: Zelda, was soll das?

Wir standen inzwischen in der Auffahrt des Nachbarhauses. Vögel zwitscherten, der Himmel war hell.

ZELDA: Kas, kommst du noch mit rein? Wir könnten
Pizza in den Ofen tun. Oder Burritos. Ich könnte
jetzt echt was zu essen vertragen.

Wann konnte sie das nicht, dachte ich, aber natürlich sprach ich es nicht aus.

Zeldas Miene war unergründlich. Sie lächelte die Treppenstufen an, die zu ihrer Haustür führten.

ICH: Zelda?

ZELDA: Kas, wenn du mir hilfst, dass Darius mit mir
ausgeht, dass er sich … für mich interessiert, dann
sage ich es keinem. Versprochen. – Ansonsten …

Ich roch, dass sie angefangen hatte zu schwitzen. Sie sah mich nicht an.

ZELDA: Ansonsten sage ich es womöglich Mr Shoemaker, Kas. Oder einfach nur meinem Dad. Er ist,
wie du weißt, im City Council.

Zelda hatte den letzten Satz sehr schnell gesagt. Und er dröhnte in meinen Ohren und meinem Kopf. War das Zelda, die so dringend meine und Oyas Freundschaft gesucht hatte, die, wie es schien, am liebsten direkt bei uns eingezogen wäre? So wie sie dasaß und mich musterte, erkannte ich sie kaum wieder.

ICH: *Was* willst du sagen?

Meine Stimme hörte sich völlig fremd an in meinen Ohren.

Aber auch Zeldas Stimme klang fremd.

ZELDA: Dass du – Sex mit Mr Rosen hattest. In der McKinley-Wildnis.

Dass. Du. Sex. Mit. Mr. Rosen. Hattest.

So banal war es.

Was sollte ich sagen? Eben. Darum sagte ich nichts. Stattdessen stieg ich aus, schlug die Autotür hinter mir zu und lief ins Haus.

Eine Viertelstunde, in der ich nichts tat, war ich alleine, dann bremste in unserer Einfahrt unüberhörbar Darius' alter Pick-up.

Worte in der Küche – gesprochen von Darius Seaborn:

»Ich habe es Brendan erzählt«, sagte er verkrampft.

»Sorry, aber ich musste es einfach jemandem erzählen. Es hat mich umgehauen. Echt. Komplett. Ich fasse es einfach nicht. Du und – Mr Rosen. Verdammt, Kassandra, ich bekomme die Bilder nicht mehr aus dem Kopf. Ihr beide. In meiner Höhle. Alles das.«

Ich sah ihn nicht an, ich widmete mich dem herum-

liegenden Kram auf der Spülablage und der Küchen-
arbeitsplatte. Ich verstaute etliches in den beiden
Hängeschränken, schmiss anderes weg, schrubbte alte,
undefinierbare Flecken fort, wischte immer wieder
stereotyp durch das Spülbecken, fegte zum Schluss
den Boden, fand alte Billyboyhaare in den Ecken. Und
immer noch zitterten meine idiotischen Hände.

Irgendwann drehte ich mich langsam um. Darius
mit den Sommersprossen und den weit auseinander-
stehenden, blumenblauen Augen. Er hatte mich an Len
erinnert, er hatte das alles erst ins Rollen gebracht.
Einmal hatten wir miteinander geschlafen, und ich
mochte ihn. Ja, ich mochte ihn wirklich.

»Zelda hat euch zugehört«, sagte ich leise. »Sie …«

Ich suchte das richtige Wort.

»… sie – erpresst mich damit.«

Das klang ja völlig bescheuert. Abgedroschen. Idiotisch. Am liebsten wäre ich vor dem Wort auf die Flucht
gegangen, aus der verdammten Küche gestürmt, hätte
die Tür hinter mir zugeschlagen und mich in meinem
Zimmer verkrochen vor so viel Schwachsinn.

»Sie will es sonst Mr Shoemaker sagen …«, sagte ich
stattdessen und tat alles andere nicht.

Darius machte ein verwirrtes Gesicht.

»Was will sie denn von dir haben? Schweigegeld?«

Er lachte kurz und nicht fröhlich auf.

Ich schüttelte den Kopf.

»Sondern?«, hakte Darius nach.

Ich sagte es ihm.

Und Darius flippte aus, brüllte, wie bescheuert das denn sei, und dass er gleich kotzen müsse, und dass wir ihm alle mal den Buckel runterrutschen könnten, und dass er die Schnauze komplett voll habe, und dass er in mich verliebt gewesen sei, ich aber nichts Besseres zu tun gehabt hatte, als auf seiner Seele herumzutrampeln, als wäre er nichts weiter als Bullshit.

Dann machte er, was ich unterlassen hatte. Er stürmte hinaus, knallte die Tür hinter sich zu, und gleich darauf heulte der Motor seines Pick-ups auf. Danach war es fürchterlich still. Eine fürchterlich lange Zeit.

Kommunikationsversuche des Einundzwanzigsten Jahrhunderts:

Ich versuchte Oya auf ihrem Handy zu erreichen, aber es war abgeschaltet. Ich versuchte es bei Jonnas Großmutter in Göteborg, aber nur ein schwedischer Anrufbeantworter nahm meinen Anruf entgegen. Ich wagte es in meiner Verzweiflung sogar, Elijas Nummer anzuwählen, aber er hielt es wie Oya: Sein Handy war aus.

Dafür zeigte mir mein Handydisplay die entgangenen Anrufe von Selma, Gretchen und Mercedes an. Ich ignorierte sie.

Irgendwann kam Rabea nach Hause.

»Ist irgendetwas?«, fragte sie mich und zog ihre Jacke aus. Ich saß in der zum ersten Mal seit unserem

Einzug aufgeräumten Küche am komplett leeren Küchentisch und hatte immer noch meine Jacke an.

»Du meinst, außer der Sache mit Raymond, den du im Stich gelassen hast, als er dich am dringendsten brauchte?«, begann ich und hob den Kopf. »Und außer Len, den du mich hast vergessen lassen, und außer Oya, die gegangen ist, weil sie das alles nicht ausgehalten hat, und außer unseren ungefähr tausend hysterischen Umzügen …?«

Ich schrie plötzlich wie von Sinnen.

Und dieses Mal hatte ich keine Lust auf einen Spießrutenlauf aus Schreien, Weinen, Schweigen.

Diesmal nahm ich, nachdem ich mein Geschrei abrupt gestoppt hatte, Rabeas Wagen. Dabei hatte sie heute Abend ihre Supervisionsgruppe im Gefängnis, so wie jeden Donnerstag, und würde ihr Auto brauchen. Aber nichts war mir egaler in diesem Moment.

»Kassandra, warte …«, rief mir Rabea hinterher, aber den Gefallen tat ich ihr nicht.

Beim Losfahren warf ich einen raschen Seitenblick auf das Haus der Wards. Was Zelda wohl gerade tat? Ob sie schon mit ihrem Vater gesprochen hatte über – Elija und mich? Oder gab sie mir noch eine Schonfrist, eine Kupplerdienste-Schonfrist? Zelda musste es noch viel mieser gehen, als Oya und ich je vermutet hatten. Was glaubte sie eigentlich, was ich tun könnte für sie und Darius? Wie ich dafür sorgen sollte, dass er sich für sie interessierte?

»Kassandra?«

»Oya? Dass du anrufst! Wie spät ist es bei euch?«

»Bald Mitternacht, natürlich …«

»Oh, Oya …«

»Ich habe gesehen, dass du angerufen hast. Auf meinem Handy. Und bei Alva. Ich meine, bei Jonnas Großmutter.«

Ich fuhr an den Straßenrand, um keinen Unfall zu provozieren, weil ich schon wieder so irrwitzig zitterte.

»Oh, Oya …«, sagte ich erneut und umklammerte mein Handy, dass ich fast Angst hatte, es kaputtzumachen.

»Kassandra, was ist nur los bei euch? Gretchen hat mich gerade angemailt. Wegen dieser Sachen, die heute ständig auf der Woodrow-Wilson-Schulpinnwand verbreitet worden sind, ehe die Seite geschlossen wurde …«

Oyas Stimme klang besorgt.

Gretchen? Schulpinnwand?

»Oh, Kas, irgendein unbekannter User mit Namen *Zucht und Ordnung* oder so hat geschrieben, du hättest regelmäßig Sex mit Mr Rosen … Draußen in der McKinley-Wildnis. Und dafür gäbe es auch Zeugen.«

Ich schloss die Augen, presste mein Handy aber weiter fest ans Ohr. Ich spürte förmlich, wie sich mein Gehirn, mein ganzer Kopf glühend erwärmte, sich mit Elektrosmog auflud. Wellen aus Angst, Hitze, irrationalen, elektrostatischen Schauern überrollten mich am ganzen Körper.

Darius?

Brendan?

Zelda?

Aber was hatte Sergio immer gesagt? Ein Geheimnis, das mehr als zwei Leute kennen, ist kein Geheimnis mehr. Brendan konnte längst mit J. R. oder Ethan oder sonst jemandem über mich und Elija gesprochen haben. Praktisch jeder aus der Schule konnte der unbekannte User auf der Schulpinnwand sein.

»Kassandra? Bist du noch dran?«

»Ja«, sagte ich leise.

»Und dann entarteten die Pinnwandeinträge wohl«, berichtete Oya aus Göteborg. »Zuerst wurde dein Name durch Flavias ersetzt. Angeblich war *sie* es, die Sex mit Mr Rosen hatte. Oder mit Mr Walenta. Weil *er* schließlich dauernd in der McKinley-Wildnis herumlungert … Jedenfalls gab es ein ziemliches Hin und Her, und dann war die Seite auf einmal nicht mehr aufrufbar. Wie es aussieht, hat die Schulleitung sie sperren lassen.«

In dem Moment piepste es leise in der Leitung, der vertraute Laut dafür, dass jemand anderes ebenfalls versuchte, mich zu erreichen.

»Oya, einen Moment …«, sagte ich und musste meine beinahe erstarrte Hand fast körperlich dazu zwingen, das Handy vom Ohr zu nehmen, um einen Blick auf das kleine Display zu werfen.

Der Anrufer war E. R. Mehr als seine Initialen hatte ich mich nicht getraut zu speichern. Mein Herz begann zu rasen, schmerzhaft zu rasen. Fast war es eher ein Poltern, ein Stolpern dieses Organs in meinem Inneren.

»Oya, ich … ich melde mich wieder, okay?«, sagte ich hastig, dann drückte ich sie einfach weg. Ich würde es ihr erklären, eines Tages.

Elija und ich:

Wir trafen uns in der Cow Lane in der Nähe der Roten Fabrik. Es war eine kleine, schmuddelige Sackgassenstraße direkt am Containerhafen, vielleicht zehn Gehminuten vom Kleidung-per-Kilo-Shop in der Valencia Street entfernt, von der ich vorher noch nie gehört hatte. Hier gab es eigentlich nichts außer alten, hohen Häusern, beschmiert mit Graffiti, die unbewohnt wirkten. Ich musste für einen Moment an die traurige, dramabehaftete Straße in Hitchcocks Klassiker *Marnie* denken.

Elija stand bereits an eine Hauswand gelehnt, als ich einparkte. Parkmöglichkeiten gab es hier genug.

Ich stieg aus.

Elija kam langsam auf mich zu.

»Abschied?«, fragte ich leise, weil ich es plötzlich wusste. Er würde gehen. Jetzt sofort. Ich warf einen Blick auf den Kombi, der aber aussah wie immer.

»Ja, Abschied«, sagte Elija und nickte. Für einen Moment nahm er meine Hand in seine, dann ließ er sie vorsichtig wieder los.

Wie wahnsinnig viel passiert war seit heute früh in

der McKinley-Wildnis. Es kam mir vor, als lägen Welten dazwischen.

»Ich habe mit Mr Shoemaker gesprochen«, fuhr Elija fort.

Ich zuckte zusammen.

»Kassandra, es stand bereits auf der Schulpinnwand.«

Elija räusperte sich und machte eine hilflose Geste mit den Händen. »Unglaublich. Brave new world ... Wie dem auch sei, ich ... ich habe Mr Shoemaker gestanden, dass mir ... dass mir – ein Fehler unterlaufen ist.«

Wir sahen uns an.

»Fehler ...«, wiederholte ich leise.

Elija nickte. »Aber ich habe deinen Namen rausgehalten. Diese ... diese Pinnwandeinträge waren recht wirr, und Mr Shoemaker wollte deinen Namen, denke ich, auch gar nicht wirklich wissen. Er hat, und das kommt uns zugute, wenn man das überhaupt so sagen kann, furchtbare Angst um den guten Ruf seiner Schule. Er hat bereits alle Hebel in Bewegung gesetzt und die ... die Pinnwandeinträge zum ... schlechten Scherz einiger Schüler erklärt. In einem persönlichen Schreiben an alle Elternhäuser.«

Die Welt war dunkel, Elijas Stimme erreichte mich nur gedämpft, wie durch Watte hindurch. »Kassandra, ich habe auch ... mit Virginia gesprochen. Ihr konnte ich ... nichts vormachen. Sie ist sehr ... aufgebracht, aber auch traurig.«

Elija nahm noch einmal meine Hand in seine. Aber wieder nur für ein paar Sekunden.

»Sie … sie hatte schon so etwas geahnt. Sie kennt mich sehr gut nach all den Jahren seit wir … Kinder waren. Sie konnte anscheinend in meinen Gefühlen lesen wie in einem Buch: Verlangen, Hoffnung, Verzweiflung, Reue und wieder von vorne: Verlangen, Hoffnung …«

Er brach ab.

Und dann war es zu Ende. Einfach so.

»Wir gehen erst einmal für eine Weile zurück nach Maine«, erklärte Elija zögernd, so als wolle er nur noch so wenig wie möglich von sich preisgeben. »Zizmo überlässt uns sein kleines Haus – du kennst es ja. Das heißt, in Wahrheit überlässt er mir sein Haus. Virginia und Lucy werden vorübergehend bei Virginias Eltern wohnen.«

Mr Shoemaker würde Mr Rosen nicht anzeigen.

Und ich sollte in Ruhe meinen Schulabschluss machen.

Das war die ganze Wahrheit.

Meine und Elijas gemeinsame Zeit war Vergangenheit.

Wir standen einen Moment stumm voreinander, aber dann nahmen wir uns doch in die Arme, und Elija legte ganz leicht seine Lippen auf meine, lange, lange, lange. Wind mit Hafengeruch streifte unsere Gesichter, irgendwo kreischten ein paar Möwen, während wir Abschied voneinander nahmen.

»Fahr nach Hause, Kassandra – liebe Kassandra«, bat Elija mich zum Schluss, als er schon wieder in seinem Kombi saß. »Die Cow Lane ist eine düstere Ecke. Ich will nicht, dass du hier alleine bist. Ich würde mir Sorgen machen.«

Aber ich blieb noch eine Weile, nachdem er fort war. Mir würde schon nichts passieren. Möwen, Hafenluft, Zwielicht, eine bröckelige Mauer zum Draufsitzen und ins Hafenbecken Hinabsehen. Sonst war hier nichts.

Und ich war schließlich die Weltenbummlerin. Ich kannte mich aus. Ich hielt eine Menge aus.

Okay, Schulabschluss. Es wäre natürlich verrückt, auf ihn zu verzichten, so kurz vor dem Ziel. Andererseits war der Gedanke an die Schule, an Selma, Gretchen, Mercedes, Flavia, Brendan und Zelda nicht gerade verlockend. Aber ich würde es schon schaffen.

Und danach?

Zu Achmed, dem Guten, nach Ankara – eine Weile die Türkei erkunden? Oder eventuell zu Sergio und seiner neuen Frau? Sie konnten bestimmt Hilfe mit ihrem Baby gebrauchen. Vielleicht konnte ich ein Au-Pair-Jahr auf Stromboli machen? Oder Schweden? Ich konnte Oya und Jonna in Göteborg besuchen und mit ihnen Skandinavien unsicher machen. Dann war da noch Myron. Vielleicht ließ ich mir von ihm zeigen, wo genau in Old Saybrook Rabea Lens Asche ins Meer gestreut hatte. In Gedanken sah ich mich mit meinem

Halbbruder am Strand sitzen und aufs Meer hinaus-
schauen. Und Raymond? Meine Tagträume in Bezug
auf ihn? Vielleicht gab es ja doch noch Hoffnung. Vielleicht, wenn Oya und ich zusammen zu ihm kamen
und Zeit, Zeit, Zeit mitbrachten? Was sagte Sergio immer: Die Hoffnung stirbt zuletzt …

Und dann war da natürlich Darius, mit dem ich ins
Reine kommen wollte. Ich war mir sicher, dass er mit
den Pinnwandeinträgen nichts zu tun hatte.

Vielleicht, ja – vielleicht würde ich alles machen.

Langsam ging ich die Straße hinunter Richtung Rabeas
kleinem, zerbeulten Auto, als mir jemand begegnete.
Eine stille Silhouette, jemand, den ich kannte, jemand,
der vergnügt aussah.

»Hey, Kassandra!«

»Hey, Milt …«

»Alles klar?«

Darauf hatte ich keine Antwort, aber wir fingen an
zu reden. Über alles Mögliche. Diese Stadt, die Leute,
die hier lebten, das Weltenbummeln, Eltern, lebende
und tote, Testrale …

»Wird schon, Kas, ich versprech's dir«, sagte Milt
irgendwann und lächelte mir zu.

Leb wohl, lieber Elija. Und Danke. Für alles.

Es muss im Leben mehr als alles geben, sagt Sergio
auf Stromboli manchmal.

Alles, was schwarz ist

Annis liebt die Sonne, ihren dreibeinigen Kater, ihren griechischen Vater, den sie nie kennengelernt hat, und alles, was schwarz ist. Cola. After Eight. Schwarzbrot. Brombeeren. Annis hasst Saufspiele, die Machosprüche der Jungs und Facebook. Annis ist eine Außenseiterin. Als ihre Oma stirbt, ihre Mutter das Haus mit dem geliebten Kastanienbaum verkauft und sich auch noch Annis beste Freundin von ihr abwendet, weiß Annis keinen Ausweg mehr ...

Eine sensible Geschichte von einem Mädchen, das an der Welt verzweifelt.

Jana Frey
Schwarze Zeit
Band 80793

Was ist eine schöne Nase wert?

Für Helena steht fest: Sie hat kein Glück gehabt, als die Gene verteilt wurden. Warum musste sie ausgerechnet das hässliche Kinngrübchen von ihrem Vater erben? Und wer braucht schon eine Himmelfahrtsnase. Sie jedenfalls nicht. Helena mag sich selbst nicht mehr anschauen. Soll sie sich unters Messer wagen?

Ein sensibler Roman über den Kampf mit sich selbst.

Jana Frey
Schön - Helenas größter Wunsch
Band 80786

generation